POISON D'AVRIL

DU MÊME AUTEUR

Dans la même collection :

Ça mange pas de pain.
N'en jetez plus !
Moi, vous me connaissez ?
Emballage cadeau.
Appelez-moi, chérie.
T'es beau, tu sais !
Ça ne s'invente pas !
J'ai essayé : on peut !
Un os dans la noce.
Les prédictions de Nostrabérus.
Mets ton doigt où j'ai mon doigt.
Si, signore.
Maman, les petits bateaux.
La vie privée de Walter Klozett.
Dis bonjour à la dame.
Certaines l'aiment chauve.
Concerto pour porte-jarretelles.
Sucette boulevard.
Remets ton slip, gondolier.
Chérie, passe-moi tes microbes !
Une banane dans l'oreille.
Hue, dada !
Vol au-dessus d'un lit de cocu.
Si ma tante en avait.
Fais-moi des choses.
Viens avec ton cierge.
Mon culte sur la commode.
Tire-m'en deux, c'est pour offrir.
A prendre ou à lécher.
Baise-ball à La Baule.
Meurs pas, on a du monde.
Tarte à la crème story.
On liquide et on s'en va.
Champagne pour tout le monde !
Réglez-lui son compte !
La pute enchantée.
Bouge ton pied que je voie la mer.
L'année de la moule.

Du bois dont on fait les pipes.
Va donc m'attendre chez Plumeau.
Morpions Circus.
Remouille-moi la compresse.
Si maman me voyait !
Des gonzesses comme s'il en pleuvait.
Les deux oreilles et la queue.
Pleins feux sur le tutu.
Laissez pousser les asperges.

Hors série :

L'Histoire de France.
Le standinge.
Béru et ces dames.
Les vacances de Bérurier.
Béru-Béru.
La sexualité.
Les Con.
Les mots en épingle de San-Antonio.
Si « Queue-d'âne » m'était conté.
Les confessions de l'Ange noir.
Y a-t-il un Français dans la salle ?
Les clés du pouvoir sont dans la boîte à gants.
Les aventures galantes de Bérurier.
Faut-il tuer les petits garçons qui ont les mains sur les hanches ?

Œuvres complètes :

Vingt et un tomes déjà parus.

SAN-ANTONIO

POISON D'AVRIL

ou la vie sexuelle de Lili Pute

ROMAN

ÉDITIONS FLEUVE NOIR
6, rue Garancière - PARIS VIᵉ

Ce n'est pas vrai mais c'est ce que je pense.
Louis Scutenaire

(LA) PREMIÈRE (EST) PARTIE

SA FICHE

Elle était chinoise et s'appelait Li Pût, ce qui dans l'argot pékinois signifie Poison d'Avril. Ses parents l'avaient ainsi baptisée parce qu'elle était née au mois de janvier et que donc, Dû Cû, le papa de Li Pût, avait fécondé sa mère en avril et par inadvertance, un soir qu'il s'était pété à l'alcool de riz à 90°. Le père de Li Pût, Dû Cû, était docker à Pékin. Comment ? Qu'est-ce que tu dis ? Ah ! y a pas la mer à Pékin ? Bon, alors il était tresseur de nattes ; ça te va ? Je continue.

Quand Li Pût naquit, c'était l'année de la Morue. Tout le monde te dira, depuis Saint-André-le-Gaz (38) jusqu'à Nankin, que de naître sous le signe de la Morue, hein ? tu m'as compris ! Et c'est ce qui se passa, dix-sept ans plus tard, montre en main !

Dû Cû, c'était pas le méchant homme, mais, franchement, il se poivrait trop. Noir du soir au matin, ça fait pas sérieux pour un Chinois. Il fut accusé de déviationnisme profanateur par le Comité Central et mis à l'index. Je te dois deux mots d'explications. En Chine, être mis à l'index n'a pas la même signification que chez nous, ni les mêmes conséquences. Ça veut dire qu'ils ont là-bas, dans chaque entreprise, un index en marbre de deux mètres de haut sur quinze centimètres de diamètre, planté au milieu du réfectoire. L'ouvrier sanctionné est déculotté et assis sur la pointe de l'index préalablement enduite d'huile d'olive dans laquelle on a mis à macérer des piments (rouges, de préférence).

Généralement, cette brimade dure une journée que déjà, merci bien, t'es prêt à laisser ta place assise aux vieilles dames enceintes. Manque de pot (c'est le cas d'y dire), le matin du jour où prit effet l'arrêt de Dû Cû, le Gange déborda comme un con et on évacua l'usine qui se trouvait à deux pas de sa rive droite. Quoi ? Parle plus fort ! Le Gange ne passe pas par Pékin ? T'es sûr ? Ben, ils ont dû supprimer la ligne parce qu'à l'époque il y passait bel et bien ; même qu'on s'y est baignés avec Antoine Blondin, alors tu vois ! Et puis m'interromps plus sans arrêt avec tes nani nanères ; tu fais congés payés mal payés, mon pote ! Le genre de glandus qui rouscaillent toujours en vacances sous prétexte que les rillettes du Caire sont plus grasses que celles du Mans.

Pour t'en revenir au père Dû Cû, bon : l'usine évacuée d'urgence because l'inondement. La crue dure huit jours (si tu espères que je vais te caser un « faut laisser les crues se tasser », tu peux te l'arrondir) et quand on revient à l'usine où ce pauvre homme avait tressé tant et tant de nattes (pour les Russes il tressait des nattes à chats), voilà qu'ils le retrouvent avec la première phalange de l'index qui lui sortait par la bouche ! Un hareng à la broche ! Quel triste saur !

Ils ont dit que c'était un accident du travail et bon, dans un sens, hein ? Ça peut se discuter, mais ça frise la chinoiserie, moi je trouve. Mort à ce point, ils avaient pas vu ça depuis la troisième dynastie des Ding.

On l'a conduit en terre sur sa bicyclette noire parce que c'était jour de marché et que le corbillard de Pékin avait été réquisitionné pour charrier les patates douces.

Obsèques très simples. Li Pût n'avait que huit ans, mais ça lui resta gravé dans l'esprit, l'enterrement de son dabe, raide, la tête sur la selle de son vélo, les pieds en flèche sur le guidon dont deux coolies postaux tenaient les manettes de freins, et un troisième, à l'arrière, se cramponnait au porte-bagages dans les descentes.

Caïn-caha le cortège arriva au Stromboli qui faisait relâche. On détache le pauvre Dû Cû de son vélo. Un qui le biche par les nougats, l'autre par les brandillons. A lala une, à lala deux ! Ploum ! Inhumé ! Qu'ensuite sa bécane fut attribuée à Hi Nô, son remplaçant. Textuel. J'invente rien ; je serais infichu, n'ayant pas d'imagination.

Je t'ai-je causé de la mère de Li Pût ? Non, hein ? Bien ce qu'il me semblait. Jusque-là, ç'avait été une épouse effacée (elle travaillait dans une teinturerie, faut dire). Elle se nommait Tieng Bong. Avant la mort prématurée et sans fondement de son époux, l'histoire de sa vie aurait pu s'écrire avec un poil de cul de mouche sur un pétale de myosotis, comme on dit à Leû Va Loi, la banlieue ouest de Pékin. Femme résignée, laborieuse, silencieuse. Jolie, mais ne le sachant pas. Pour elle, la vie était un bol de merde qu'elle bouffait avec des baguettes. Son bonhomme lui flanquait davantage de coups de poing que de coups de bite et elle ne pouvait s'occuper de sa fillette, en vertu de la loi Ksé Kong en date du tac au tac de l'année du Morpion.

Après l'enterrement de son époux, auquel elle n'avait pu assister n'ayant pas fini de déboucher les doublevécés de sa coopérative, une énergie nouvelle secoua l'âme frêle de Tieng Bong, comme la mousson secoue le fraisier sauvage et le vieillard sa queue après une miction périlleuse.

Retrouvant sa chère enfant dans leur appartement d'un quart de pièce avec robinet d'eau courante dans la cour et chiottes à seulement trois rues de là, elle l'avait serrée contre elle farouchement et, dans l'instant, sa décision fut prise : elle allait partir pour Hong-Kong avec sa fille.

Elle lui avait mis sur le dos toutes ses hardes, en avait fait autant avec les siennes, et avait déclaré aux voisins qu'elles se rendaient à une séance d'entraînement du Chou Unifié.

Je te raconte tout ça, j'espère que ça te fait pas trop tarter, mais tu vas voir : on débouche sur quelque chose.

Tieng Bong et Li Pût traversèrent Pékin du nord au sud pour aller chercher la route de Canton, laquelle, comme chacun le sait, commence à l'extrémité de la place T'ien Fûm, tout de suite après le bureau d'opium.

En Chine, il faut que tu saches, il est formellement interdit de faire du stop. Toute personne prise à ce petit jeu a aussitôt le pouce tranché. Qu'après quoi on le lui introduit dans le rectum (tu vas dire que je fais un complexe de sodomie !) et on coud cet aimable orifesse avec du nylon extra-fort.

Tu penses bien que la jeune veuve, eh ! doucement les basses ! Pas si conne ! Tenant sa gamine par la menotte, elle parcourut un kilomètre, puis s'allongea sur le bas-côté, le pantalon déchiré jusqu'à la ceinture, de manière à montrer sa cuisse. Tu vois venir ? Il vint ! Un gros camionneur qui ressemblait tant tellement à Mao que c'était p't'être bien lui après tout.

Coup de frein.

— Ké's yé â rîvé ? il demande en pékinois.

— E cété va nouï ! répond la môme, chapitrée par sa *mother*.

Le camionneur déboule de son semi-remorque plein de riz, relève Tieng Bong, l'installe dans sa cabine, la ranime avec du saké ou une connerie du genre. Ils causent. Je te traduis : « Ah ! vous allez à Canton, moi aussi je vais à Canton. Vous voulez qu'on va aller à Canton ensemble ? Vous n'avez qu'à vous cacher dans le riz avec la petite. Pendant la nuit je m'arrêterai et on *makera the love together* (1). Vous auriez pas attrapé la blanchisse, des fois ? Vous êtes toute pâle. Une hépatite virale ? Oh ! *I see*. Bon, prenez votre bain de riz, les filles, et vous, la mère, serrez fort les cuisses pas que je me râpe le pompon plus tard, en vous casant mon bâton de réglisse dans le tiroir, la dernière fois j'ai eu l'impression de baiser avec une râpe à fromage. »

Propos badins, certes, mais créateurs de bonne ambiance.

Le voyage fut long et se passa sans incidents notoires, sauf quelques chaudes alertes quand, lors d'un contrôle de police, on visita la cargaison à coups de baïonnette (Tieng Bong eut son corsage troué), et aussi à l'arrivée, quand il fallut que la chère maman de Li Pût fasse une pipe au contremaître chargé du déchargement (ça tombait bien, en somme !).

Les deux femmes passèrent un mois à Canton. Tieng Bong subsistait en se livrant à une discrète prostitution. Ce lui fut aisé compte tenu de ce qu'elle avait fait sa préparatoire avec les gentils routiers.

La prostitution mène à tout, à condition d'y rester. En très peu de temps, Tieng Bong eut, grâce à ses fesses, de l'argent et des relations, et mon vieux,

---

(1) En anglais dans le texte.

crois-moi, avec ces deux atouts, pour peu que tu aies, en sus, la santé et ta carte du parti communiste en poche, t'es vachement paré pour affronter la suite.

Grâce à la complicité d'un chef de train, elle put prendre celui qui unit la Chine Populaire aux Nouveaux Territoires et passer la frontière avec Li Pût, toutes deux cachées dans une caisse contenant des canards en roseau peint, si décoratifs dans les séjours des maisons de vacances européennes. Les deux femmes parvinrent à Hong Kong sans coup férir ni trop d'encombre et encore moins barguigner ou ambages, voire espoir de retour. Ouf !

Une fois dans l'île, au cœur des gratte-ciel, Tieng Bong comprit que l'avenir lui appartiendrait pendant un certain temps.

Continuant, sur sa lancée, à user d'un cul que le veuvage lui avait rendu disponible, elle poursuivit l'exploitation de cette chère vieille industrie, l'enrichissant de tout ce que les techniques anciennes et modernes proposent à la femme surdouée pour faire reluire ses contemporains. Cela allait de la poudre de cantharide mélangée à des testicules de pigeon, jusqu'au bloc complet de vibromasseurs performants, à fiches adhésives, courant à basse tension, ailettes de sustentation, godemiché à pénétration différée, j'en passe et des presque meilleures !

Dans cette cité tentaculaire où la vie ne s'interrompt jamais, où les chantiers, la nuit, sont mieux éclairés que des terrains de football, le jour, Tieng Bong se fit rapidement une forte réputation parmi : la colonie britannique, les hommes d'affaires chinois, les diplomates internationaux.

Rapidement, elle dut agrandir son fonds de commerce, non pas en usant d'une bitte d'amarrage, mais en engageant d'exquises créatures qu'elle dressait patiemment. Elle eut bientôt un cheptel d'une dou-

zaine d'adolescentes triées sur le plumard, toutes
plus ravissantes l'une que l'autre, qu'elle menait à la
braguette à la baguette. Ces jeunes filles, représenta-
tives des principales races de la planète, savaient tout
et davantage sur le bigoudi farceur et la manière de
faire pleurer le borgne.

Ainsi donc — ô merveilleux conte de fées ! —,
cette pauvre femme naguère résignée, battue, bri-
mée, qui s'étiolait contre un bol de riz dans sa
teinturerie géante, devint, en quelques années, une
dame appréciée, riche et adorée des flics qu'elle
arrosait copieusement, comme un jardinier marocain
arrose les massifs du bon roi Hassan II.

Elle possédait un appartement de huit cents mètres
carrés au sommet d'un building de grand standinge,
des domestiques, une Rolls couleur bronze dont la
portière avant droite portait son monogramme. Elle
achetait ses toilettes chez les grands couturiers français et italiens, ses bijoux chez Cartier ou Bulgari et
ses poudres aphrodisiaques dans une humble boutique du quartier le plus populeux, tenue par un
Chinois vétuste, à barbe blanche en pointe, à lunettes
cerclées de fer, si parcheminé et si vénérable qu'il
paraissait éternel.

L'homme s'appelait Fou Tû Kong. Il joua un grand
rôle dans l'existence de mon héroïne et c'est pourquoi le grand romancier que je suis va s'attarder
quelque peu sur ce personnage hors du commun.

Il y aurait un livre à écrire sur la vie de Tieng Bong
à Hong Kong, mais comme on dit à Privas : écrire
c'est l'art des choix. Je m'en tiendrai donc à celle de
Li Pût puisque nos deux existences furent amenées à
se croiser, et même à s'entremêler quelque peu.

Mais assez de boniment à la graisse de cheval
mécanique : revenons au vénérable Fou Tû Kong.

Sa minable officine où s'empilaient des fioles, des

boîtes et d'extraordinaires denrées de sorcières, était située au bout d'une ruelle donnant dans Cat Street. Elle mesurait tout juste trois mètres sur deux et ressemblait au cauchemar d'un drogué. Derrière la vitre opacifiée par la crasse, on apercevait des serpents, des crapauds et des chauves-souris desséchés. Des tiroirs minuscules étaient emplis de petites langues d'on ne savait trop quels animaux, également desséchées (ce qui est triste pour une langue, Béru te le dira !). Et je te passe la partie plantes, la partie insectes réduits en poudre, de même que des liquides aux teintes verdâtres qui ne laissaient rien présager de bon. Le vieillard était plus desséché que le plus desséché de ses produits.

Il portait un costume chinois noir et jaune et passait son temps assis à l'intérieur de son échoppe, le nez chaussé de fines lunettes cerclées d'or, à lire des grimoires qu'il annotait parfois à l'aide d'un long crayon. Il avait peu de clients. Ceux-ci étaient variés. Cela allait de la vieille femme édentée et loqueteuse en quête d'un vésicatoire pour son eczéma, à l'homme d'affaires cossu descendu de sa Mercedes et que son chauffeur attendait en double file pendant qu'il faisait l'emplette d'aphrodisiaques efficaces.

Les recettes journalières de Fou Tû Kong n'excédaient jamais dix HK$ et, pourtant, ce vieillard parcheminé, presque momifié, possédait seize buildings, dont le plus petit comportait vingt étages, deux hôtels de luxe, une compagnie d'aviation privée, une flottille de sampans, et un portefeuille d'actions se montant grosso modo à cinq cents millions de dollars américains.

Car la minable boutique para-pharmaceutique n'était qu'une façade, si l'on peut dire, l'antre au sein duquel M. Fou Tû Kong dirigeait un *tong* très puissant ayant des ramifications jusqu'aux U.S.A.

Cette organisation se consacrait à deux activités très différentes : le trafic de la drogue et l'espionnage. La seconde permettait au Sou Pô Laï Tong d'organiser la première avec un maximum de sécurité.

Au début de ses visites au vieux mec, Tieng Bong lui acheta des denrées propres à ranimer, voire à simplement stimuler les ardeurs de ses habitués.

Lorsque sa réputation fut solidement établie, Fou Tû Kong eut avec elle une conversation « en profondeur » d'où il ressortit qu'il lui enverrait certains clients auxquels elle devrait faire absorber certaines poudres pour, ensuite, leur faire poser certaines questions dont certains appareils sophistiqués enregistreraient les réponses.

Tieng Bong accepta, compte tenu des « primes » qui lui étaient garanties. Elle s'en trouva bien. Son boxon connut alors un essor qui en fit le premier lupanar de Hong Kong et, de loin, le mieux achalandé. Elle devint une reine de l'île. Bravo !

Tandis qu'elle faisait carrière dans le pain de fesses, sa fille grandissait et étudiait. Li Pût était une adolescente ravissante et surdouée. Son intelligence impressionnait autant que sa beauté. Elle connaissait les activités de sa petite maman et ne s'en formalisait pas, ayant l'esprit pratique. Elle appréciait le luxe et trouvait bons tous les moyens permettant de l'obtenir.

Ses examens ne furent que de simples formalités. Lorsqu'elle atteignit l'âge de dix-huit ans, la question de sa carrière se posa. Elle envisageait la médecine et cette inclination ravissait Tieng Bong. Les parents rêvent tous d'avoir un enfant docteur. Pourtant, avant que Li Pût prenne son inscription à la fac, sa mère tint à ce qu'elle fasse la connaissance du vieux Fou Tû Kong. Tieng Bong vénérait cet homme puissant et humble ; elle le tenait pour un sage et ne prenait jamais de grandes décisions sans lui demander conseil. Le bonhomme la guidait toujours avec une grande sûreté car ses jugements étaient chaque fois pertinents.

Li Pût fut donc reçue à l'officine de Cat Street. Elle passa près de deux heures dans l'échoppe poussiéreuse où flottait une abominable odeur de poissons en décomposition. Fou Tû Kong ne la fit pas asseoir car il n'y avait qu'un seul siège dans sa boutique et il l'occupait. Elle endura, debout, soumise et attentive, le questionnaire du vieillard, répondant à ses questions avec toute la franchise dont peut être capable une femme lorsque ses intérêts sont en cause.

Ce qu'ils se dirent, nul ne le sut jamais. Ce fut un secret entre eux deux. Toujours est-il qu'en rentrant chez elle, Li Pût déclara à sa mère qu'elle renonçait à la médecine pour se consacrer à la prostitution.

Tieng Bong en conçut une légère déception, mais cette décision la flatta. Ce qui la ravit surtout, ce fut d'apprendre que Fou Tû Kong dirigerait lui-même la carrière de la petite. Il voulait, assurait-il, faire d'elle l'une des premières courtisanes du monde. Il avait tracé un programme concernant son apprentissage. Pour commencer, elle serait déflorée par Bi Tan Nôr, le meilleur pointeur chinois connu.

Bi Tan Nôr était un péripatéticien dont les dames de la bonne société se racontaient les prouesses autour du *pot of tea*. Sa science de la baise était telle qu'on venait des cinq continents pour le pratiquer. Son carnet de rendez-vous était plein douze ans à l'avance et l'on avait tourné des documentaires sur sa manière de faire l'amour. Il était célèbre et riche comme le plus grand des matadors ou des ténors. Une dame honorée par lui n'avait dès lors jamais plus le même comportement sexuel, même si leur étreinte avait été unique.

Donc, Bi Tan Nôr serait le premier. Et quel premier ! Ensuite, Li Pût passerait un an dans la meilleure école de prostitution de Bangkok, puis six mois à l'Institut des Langues Fourrées Orientales de Barbès-Rochechouart à Paris. Après quoi, elle serait confiée au professeur Kû Ra So, un mandarin éminent, détenteur de certains secrets millénaires concernant la sexualité.

Li Pût respecta ce programme à la lettre, devenant ainsi la putain *number one* du monde occidental.

Voici, succinctement tracé, le curriculum de mon héroïne, de sa naissance à sa vie professionnelle. Il ne me reste qu'un détail folklorique à ajouter : c'est au cours de son stage à Paris que ses condisciples françaises lui donnèrent son surnom, transformant ainsi Li Pût en Lili Pute.

SES DONS

— Vous reprendrez bien encore une larme de sherry, chérie ? demanda Lord Oldbarbon.

Lili Pute tempéra sa dénégation d'un sourire fabuleux.

Le vieux sir, qui était un triste sire, d'ordinaire, ressentit dans ses soubassements quelque chose qui ressemblait à de l'émoi et à de l'électricité sous-cultanné. Elle entrouvrit ses lèvres comme s'il se fût agi de celles de son sexe, sauf qu'on voyait ses dents éclatantes comme des perles.

— Un verre de plus et je serais ivre, très cher, dit-elle ; ce serait dommage pour vous car je perdrais alors une partie de mes moyens.

Le lord toussota derrière sa moustache grise, effilée des pointes comme des cornes de toro.

Il avait un visage noble, marqué de couperose, le regard clair et distant, des fanons en cascade sur le col immaculé de sa chemise.

Il « s'encoublait » dans sa bonne éducation ; chaque fois qu'il projetait de se respirer une gerce, les mots et les gestes appropriés lui faisaient défaut au moment de la charge héroïque. Au cours de son existence exemplaire, Lord Oldbarbon avait massacré du Noir, du Blanc, du Jaune, du bistre entre deux

tasses de thé et sans se départir de son air d'aristo-
crate qui se fait chier. Par contre, les femelles lui
avaient donné plus de fil à retordre que les panzer
divisions ou les émeutiers de Calcutta ; principale-
ment celles qui sont « faites exprès pour », c'est-à-
dire les dames qu'on n'émeut pas avec le chant du
rossignol, le coucher du soleil sur le Bosphore ou les
lacs limpides du Conemara. Il raffolait des putes mais
manquait du langage approprié pour communiquer
avec elles. Il existe toujours, à un moment ou à un
autre, une certaine brutalité d'expression dans la
conversation avec une dame venue vous lécher les
couilles et à qui il faut demander un devis pour cette
opération.

Son vieux camarade, le colonel Mac Heuband, un
incorrigible soudard, avait été plus qu'ébloui par les
prestations de Lili Pute et la lui avait recommandée
avec tant de lyrisme, lui qui ne parlait que par
onomatopées, que Lord Oldbarbon s'était offert la
croisière pour le septième ciel avec la Chinoise.

A présent, après un souper délicat en son domaine
de Branlbit's Castle, le moment était venu d'attaquer
le vif du sujet.

Il avait beau se ramoner le gosier et s'offrir une
rincelette de sherry supplémentaire, il ne trouvait à
exprimer que des couacs. Certes, la fabuleuse Asiatique était venue « pour ça ». Il n'y avait donc pas plus
de gêne à lui demander ses prix qu'à son boucher
celui de l'entrecôte. Mais l'éducation du lord regim-
bait devant ce marchandage.

Heureusement, Lili Pute ne connaissait pas de
l'homme que sa braguette ; elle possédait une psy-
chologie de grand psychiatre. Devinant l'embarras de
son « client », elle lui prit la main délicatement, se
mit à la caresser et chuchota :

— Je sais que vous souffrez mille morts, Honorable, aussi je veux abréger vos affres. Vous allez me conduire dans une chambre discrète où nous nous livrerons à toutes les folies qui me passeront par la tête, et, croyez-moi, elles sont plus nombreuses que les autos regagnant London un lundi soir de Pâques. Au matin, si cette nuit vous a laissé un bon souvenir, vous m'en remettrez un dans une enveloppe, à votre convenance. J'accepte toutes les monnaies, sauf le zloty polonais, le leu roumain, le won nord-coréen, et le lek albanais ; je prends bien entendu les chèques, qu'ils soient au porteur ou nominatifs, et les cartes de crédit usuelles. Il m'est même arrivé d'être récompensée de mes prestations par des bijoux de famille, voire des œuvres d'art.

Ce langage direct, et néanmoins discret, dissipa la gêne de Lord Oldbarbon.

Ne voulant pas copuler dans sa chambre où il avait pratiqué sa défunte femme, engendrant de ce fait trois enfants, il emmena Lili Pute dans une pièce sous les combles, mansardée, tapissée de cretonne printanière et sans grand confort, mais dans laquelle il avait connu des instants délicats avec la gouvernante suisse de ses enfants, *Fräulein* Betty Müllener qui était blonde, confortable et sentait la charcuterie de luxe.

Lili Pute montrait trop de tact en toute circonstance pour se formaliser de la modestie du lieu et de son exiguïté. Elle n'ignorait point combien les mâles sont perméables à leurs fantasmes et se montrait d'une grande indulgence. Il lui était arrivé de faire l'amour dans une cabine téléphonique, souvent en voiture et même, une fois, dans un cercueil, ce qui réduisait par trop le champ des ébats.

Elle prétendit trouver la chambrette poétique et assura qu'elle incitait au dévergondage. Le lord en fut rasséréné ; décidément, Mac Heuband ne l'avait pas dupé : sa visiteuse était une catin de grand style.

Sa délicatesse chinoise aplanissait la moindre diffi-
culté.

— Ne nous déshabillons pas trop vite, Honorable,
chuchota Lili Pute ; faisons d'abord plus ample
connaissance, voulez-vous ?

Il voulait.

Elle diminua la lumière, ne conservant qu'une
petite lampe de lecture à pince fixée à un barreau du
lit de cuivre.

— C'est très suffisant comme cela, n'est-ce pas ?

Il approuva.

Elle l'invita, du geste, à prendre place dans l'unique fauteuil de la pièce, de style crapaud, lequel était
recouvert du même tissu que celui qui garnissait les
murs.

— *After you !* protesta le gentleman.

— Oh ! non : vos genoux seront pour moi le plus
merveilleux des sièges, gazouilla-t-elle.

Il la contempla avec émotion, lui sourit. Elle était
d'une gigantesque beauté dans sa robe-fourreau de
soie noire décolletée assez bas. Un cœur en diamants
illuminait le creux de ses seins délicats. Son corps
était une espèce de vibrato infini. Tout en lui
exprimait la lascivité, la science amoureuse poussée
au paroxysme. Mais on ne pouvait s'empêcher de
revenir sans cesse au visage de Lili Pute : stupéfiant
de grâce absolue. « La perfection ! » se répétait Lord
Oldbarbon, fasciné par l'ovale parfait du visage, par
ses pommettes hautes, par ce regard oblique, si
intense et si mystérieux. La pupille semblait être
rectangulaire et taillée dans le jais. Il admirait de
même la couleur indéfinissable de sa peau satinée.
Elle n'était pas jaune, mais bistre et rose, de ce rose
fragile des pêches qui commencent tout juste à mûrir.
Elle avait les cheveux coupés assez court, abondants
et lustrés ; ils lançaient des reflets comme de la laque

noire sous un projecteur. De laque, également, était
sa bouche harmonieuse. Laque d'un rouge sombre
tirant sur le bordeaux ; écrin précieux pour perles
rares !

Lord Oldbarbon s'assit gauchement. Comme il
était grand, ses genoux remontèrent au niveau de sa
poitrine, à cause aussi du siège très bas.

— Vous êtes séduisant comme votre Angleterre,
Honorable, déclara Lili Pute.

Elle eut un geste court et précis de la main droite
pour remonter la tirette invisible de la fermeture
Eclair, également invisible, qui fermait le bas de sa
robe. Le fourreau s'ouvrit du bas. Une jambe de la
Chinoise en jaillit. Lili Pute se plaça à califourchon
sur les genoux de son hôte, face à lui. Des ondes
bouleversantes inondèrent le vieux crabe. Malgré son
flegme, tout s'accéléra en lui. Il eut l'impression
d'être soudain revenu à son âge fort. Cela faisait une
bonne dizaine d'années déjà que son sexe somnolait
dans sa culotte, répondant en boudant aux stimula-
tions qu'on lui prodiguait. Et là, à l'instant même :
hop ! Debout les morts ! Garde à vous, fixe !

Oldbarbon retint un hennissement de joie sauvage.
Il triquait impétueusement ! Seigneur, se pouvait-ce !
Ô merci de Tes grâces, Dieu tout-puissant !

Lili Pute plaça ses mains croisées sur la nuque du
lord. Elle avait un parfum unique, capiteux, jamais
flairé par des narines occidentales. Cela sentait
l'aube ténue du printemps, l'orange au soleil, le
bouton de rose après l'averse, la chevelure d'enfant,
que sais-je !

Elle chuchota à l'oreille droite d'Oldbarbon (sa
bonne justement, ô miracle !) :

— Vous me troublez, mon merveilleux ami. Vous
me troublez à un point que vous ne pouvez savoir...
A moins que votre main ne vérifie la chose.

D'une pression sur l'épaule, elle lui dicta ce qu'il devait faire. Hébété de désir, Lord Oldbarbon hasarda sa main vers l'entrejambe de son invitée.

Nouvelle secousse dans son système nerveux : elle ne portait pas de slip. Le vieillard constata donc aussitôt que l'émoi dont elle se prévalait n'était pas feint. De même que les comédiennes pleurent à volonté, Lili Pute sécrétait quand elle le décidait. Cette performance lui avait été enseignée par le mandarin Kû Ra So, le fameux docteur ès sexualité qui avait achevé de la placer sur orbite.

Bouleversé par cette découverte, Lord Oldbarbon ne douta plus une seconde qu'il inspirât le désir à sa compagne d'un soir.

Réunissant ses forces encore vives, il parvint à se dresser en la prenant dans ses bras et s'en fut la déposer sur le lit.

— Chéri, ô mon bel amant ! râla Lili Pute, je vous en conjure, refrénez votre fougue. Avant tout, embrassez le siège de ce désir forcené que vous avez su faire naître !

Le dabe fut sensible à la belle tournure de la phrase et donc à la requête qu'elle exprimait. D'ailleurs, depuis lurette, cézigue-pâteux commençait ses équipées sexuelles par une minouche propitiatoire. Il se dit que différer l'assouvissement c'est accroître le plaisir. Il s'agenouilla donc devant sa conquête et enfouit sa tronche de ptérodactyle entre les cuisses d'icelle. Son ivresse atteignait des sommets. Il se mit à table et, muettement, entonna le *God save the Queen*. Lili Pute replia ses jambes pour lui faciliter l'accès et lui permettre de prendre ses aises. Avec son talon gauche, elle comptait chaque côte de son partenaire. Elle atteignit la bonne et y appliqua son talon. Lentement, elle dégagea son bras droit et plaça sa main en forme de butoir. Voilà : elle était prête, une fois de plus.

Entre ses cuisses en feu, ce porc d'Honorable avait l'air de chercher des truffes. Lili emplit ses poumons d'air, s'arqua comme sous l'effet de la jouissance et libéra son énergie. C'est-à-dire que, simultanément, elle serra à outrance ses cuisses sur les oreilles du vieux, décocha un terrible coup de talon sur sa côte préalablement « sélectionnée » et balança sa main en piston au plexus du bonhomme. Deux éléments déterminants marquèrent cette triple action : la violence et le synchronisme.

Lord Oldbarbon eut un soubresaut que Lili Pute contrôla avec ses cuisses en étau. Un tremblement intense le transforma pendant un bref instant en marteau-piqueur. Après quoi il resta inerte.

Lili Pute se dégagea prestement. La tronche du lord tomba sur le couvre-lit. La jeune fille se leva, ramassa son sac à main et en sortit une adorable culotte noire bordée d'une fine dentelle mauve. Elle la passa et rajusta sa robe-fourreau.

Par acquit de conscience, elle alla palper le pouls de son hôte. *Nobody !*

Lili Pute quitta la pièce et descendit au rez-de-chaussée afin d'alerter Burnett, le maître d'hôtel, un mec avec un gros nez jaune qui ressemblait à un toucan.

— Je crains que Lord Oldbarbon ne soit défunté d'une crise cardiaque, lui dit-elle. Vous devriez appeler son médecin, et peut-être aussi demander aux pompiers de venir avec leur appareil de réanimation.

SON CHARME

Juste en face du fameux restaurant *La Fonda,* dans la vieille-ville de Marbella, sur la placette où s'élèvent une petite église et deux ou trois palmiers qui bravent les gaz d'échappement des bagnoles, tu trouves un cabaret plein de charme, dont j'ai oublié le nom, et peut-être qu'il n'en a pas, ce qui expliquerait cette carence de ma mémoire. A partir de minuit, s'y produit un groupe andalou animé par une dame un peu forte mais pleine d'entrain. Ils sont cinq ou six, hommes et femmes, assis en rang d'oignons, le dos à la fenêtre, revêtus de costumes folkloriques. T'as deux guitaristes au regard farouche et appliqué. Ceux qui ne jouent pas frappent dans leurs mains, ce qui donne ces claquements secs que tu les croirais produits avec du bois. Ils chantent ou dansent à tour de rôle et les autres accompagnent des pattounes et des pinceaux. Le plancher vibre d'autant plus fort qu'il n'est pas de la première jeunesse. Le public s'essaie au flamenco, histoire de se mettre à l'unisson ; mais comme il est composé à quatre-vingts pour cent d'étrangers le résultat n'est pas fameux.

Au fur et mesure que l'heure tourne, l'ambiance se chauffe. T'as toujours une chouette danseuse dans

2

une robe à volants qui se transforme en abat-jour par
instants. Sa jupaille se trousse, t'aperçois ses cuisses
un éclair ! Jamais plus. T'as beau attendre et mater,
t'as jamais droit au slip. Les cuisseaux et point final !
La mère y va de la *castañuela* à fond la caisse, olé !
Les gaziers cigognent du brodequin. Ils ont des
pompes à talon, les mecs, pour que ça sonne mieux.
Un glandu trémole de la glotte. On dirait qu'il s'est
coincé Coquette dans le tiroir du bas de sa cravate. Il
clame à plein bada comme quoi : « Hou lala yayaille,
ça fé bobo à la bitouné é é ta... » Qu'en réponse de
quoi, la virevolteuse trépigne à outrance, balançant
ses bras d'avant en arrière sans cesser de casta-
gnetter.

Moi, je raffole. Toutes les danses folkloriques du
monde sont à la fois connes et impressionnantes. Du
moins, selon moi. Mais je suis pas un critérium,
comme dit Béru. Pour ma pomme, la vérité d'un
individu c'est de regarder en restant assis de préférence, de gamberger et de fermer sa gueule. Sitôt que
tu l'ouvres, t'entres dans le chœur mixte des décon-
neurs. Tu commences par « Eh bien, moi je », et
c'est râpé ! T'es happé, mec ! Placé sur l'escalator de
la suffisance. Tu grimpes en balourdise comme le blé
en graine !

— Ça te plaît, ma poule ? je demandé-je à Marie-
Marie.

— Beaucoup ! souffle-t-elle, fascinée par le chari-
vari andalou.

On est venus en prévoyage de noces, les deux,
profitant des vacances de la Toussaint. Les noces, ce
sera pour plus tard, on verra... Un jour je me
déciderai et ce sera enveloppé, vite fait, bien fait, en
deux coups les gros. Peut-être que, ce fameux jour-
là, elle criera pouce, ne voudra plus ? Les femmes, tu
sais : c'est « tout de suite » avec elle. Les hommes

aussi, d'ailleurs. Plus tard, ça n'existe pas, n'existe jamais. Quand nous les réalisons, nos beaux plus tard, ils ne sont plus que des aujourd'hui transformés.

Mais t'es bien obligé de songer au futur, non ? De te bricoler un avenir bon gré, mal gré ? Tu traces des plans. Ça n'engage à rien. Nos projets nous précèdent mais ne nous suivent jamais. Et nous, on ne les suit pas non plus. Et si on s'obstine, ils se mettent à ressembler à une mayonnaise ratée comme quand la cuisinière a ses ours. Je me suis laissé dire que ça fait louper les mayonnaises, ces machins-là. D'ailleurs c'est écrit sur les boîtes de Tampax : tu peux te baigner, mais la mayonnaise est déconseillée. Alors, quand tu bouffes chez des gens et qu'ils te servent une mayonnaise ressemblant à une crème vanille, paluche pas en loucedé la maîtresse de maison, tu déconviendrais ! La vie est d'une bêtise !

Or, donc, on est venus passer une huitaine à Marbella, la Musaraigne et moi. Notre histoire, si je serais romancier, je pourrais en faire un livre tant tellement elle est belle et bizarre. Il y a quelque part un mystère dans notre aventure. Je t'y raconterais, personne me croirait. On s'aime, on ne peut plus se passer l'un de l'autre, au point qu'elle vit une bonne partie de son temps chez nous, ce qui était le grand rêve de m'man. On se tient par la main, on se roule des pelles longue durée. Quand on déambule et qu'elle porte un jean, je passe ma main par-dessous bien qu'il soit serré à bloc, mais grâce au creux des reins j'arrive toujours à faufiler. Je mets ma paluche à plat sur ses exquises miches pommées et je les sens qui bougent. Ou alors, c'est par l'échancrure de son pull que ma dextre se coule et je palpe doucement les deux colombes de la paix. Tu vois ?

Eh bien, malgré tout ça, on n'est pas allés « jus-

qu'au bout », nous deux. Tu te rends compte ? Un
godeur comme l'ami San-A. ! Nous pieutons dans le
même lit, tout nus, enlacés. Mécolle avec une trique
mastarde comme une batte de base-ball carrée entre
ses jambes, pas lui faire prendre froid. Et rien ! On
traverse une immense attente ! Notre affaire, c'est un
désir infini qui ne s'assouvit pas. On s'économise le
sensoriel, comme si on risquait de tout dilapider en
une seule étreinte ! Et cela, tu vois, sans s'être
concertés. On n'en cause jamais. C'est ainsi, tacite-
ment. Ce que nous espérons en comportant de la
sorte ? Peux pas te répondre. Je l'ignore. Faudrait
qu'on se fasse décrypter le problème par un psycha-
nalyste, mais je me demande s'il parviendrait à
dégager une logique dans cet écheveau. Et pour
conclure les confidences, je vais te dire : on est
vachement heureux. On sait qu'on tient « ça » à
dispose. On baisera plus tard... quand on sera vieux !

   Le cabaret, ils se sont pas grattés pour le décorer.
C'est une maison ancienne où l'on a seulement
abattu une cloison, je suppose, afin de l'agrandir.
L'entrée fait bar-bistrot, toute petite. Elle donne sur
la salle, à peine plus grande que notre salon de Saint-
Cloud. Des tables et des chaises bancroches, quelques gravures espanches sur les murs enfumés, et
basta ! Le trèpe s'entasse comme il peut. Une chaise
servant parfois pour deux culs. Y a des pèlerins assis
sur les marches raides de l'escadrin menant aux
chiches.
   Les consos ne sont pas chères et on ne t'incite pas à
les renouveler. Ici c'est le climat sincère, artistique,
dagadagada dagadagada...
   — T'es heureuse, ma chérie ?
   Sa chaise est placée devant la mienne. Je promène
mes mains salopiotes sur son adorable fessier, mon

menton est niché au creux de son épaule, comme chantaient les *crooners* crâneurs de jadis... Je mordille ses cheveux fous, le lobe de son oreille (les deux à la fois, j'arrive pas). On est bien, au creux de ce vacarme. Chose curieuse, il nous isole. Maintenant, ils sont deux à gambiller sur le plancher recouvert d'un lino devant le groupe. Une danseuse avec une robe blanche et noire, et un danseur en noir, chemise blanche à jabot mousseux dont la taille est étroite comme celle d'un sablier. Chez les pingouins, j'ai remarqué, ce sont les mâles qui sont minces tandis que les dadames ont tendance à bonbonner chouïa. Elles rabattent trop sur la paella et les tortillas et pas assez sur la gym-tonic de Véronique et Davina, les mères ! Mais ça n'a pas d'importance : les Suédoises sont ravissantes !

Quand le couple a achevé ses prestations, je me redresse because un début de torticolis me chicane. Les deux guitaristes font un solo, comme dit le Gros. Ils jouent du Manuel de Falla pour calmer le jeu. Très beau !

Et alors à cet instant, une voix étrange venue d'ailleurs chuchote en anglais à quelques centimètres cubes de mon étagère à crayons :

— Commissaire San-Antonio, ne vous retournez pas, je vous en conjure !

Je relâche illico la crispation causée par cette interpellation exhorteuse. Il y a, dans l'intonation, un accent désespéré. Je ramène mon dos contre le dossier de ma chaise, car la voix se trouve derrière moi.

— Ce qu'ils jouent bien ! murmure Marie-Marie.

— Hmm, hmm ! réponds-je avec toute l'éloquence dont je peux.

Les deux musicos grattouillent à la perfection,

comme disait Mme de Sévigné. Leurs doigts ressemblent à une partouze de serpenteaux.

J'attends que mon terlocuteur invisible m'en balance davantage.

Ça vient.

— Je suis Jacky Sullivan, vous vous souvenez de moi ?

Il jacte si bas que le cher président Edgar Faure ne pourrait capter ses paroles. Mon ordinateur de tronche part à la recherche d'un Jacky Sullivan. Tout un bastringue se met en action sous ma coiffe bretonne. Attends voir... Sullivan... Sullivan Jacky... Jacky Sullivan... Et puis, bon, d'accord, ça me revient. Londres... Il y a combien de cela ? Cinq ans ? Une affaire... Commission rogatoire... J'étais là-bas en compagnie de Pinuche... J'ai eu affaire à un chef inspecteir nommé Sullivan... J'ignorais son prénom. Jacky, c'est lui qui, aujourd'hui, me l'apprend.

On dirait qu'il suit le mécanisme de ma pensée car il fait, toujours de sa voix vaporeuse :

— Ça y est ?

Je me penche une seconde en avant pour indiquer que oui.

— Je suis en danger, reprend mon confrère. Je n'ai pas d'arme. Pouvez-vous me suivre quand je sortirai d'ici ?

Nouvel acquiescement de l'Antonio qui a l'habitude des situations les plus ambiguës et les plus critiques.

— Merci. Au cas où il m'arriverait quelque chose, cela proviendrait d'une damnée Chinoise belle à hurler nommée Li Pût. Elle habite présentement une maison de Lomas. Cette fille vit de ses charmes et d'un tas d'autres trucs moins recommandables. Elle est plus dangereuse que la bombe « H ».

Il se tait un moment et ajoute :

— Quand je m'apprêterai à partir, je vous le dirai.
La communication s'interrompt. Les deux guitaristes se déchaînent sur leurs instruments. Une musique ardente et mélanco leur dégouline des doigts.
Je me suis penché à nouveau sur l'épaule de Marie-Marie. Elle sent bon.

— Je vais te donner les clés de la voiture, lui dis-je. Tu sortiras la première et tu dégageras la bagnole du parking de la place. Ensuite tu m'attendras au volant. Je t'expliquerai plus tard de quoi il retourne. Il se peut que je m'en aille à pied ; en ce cas, fais le tour, puisque le quartier est en sens unique, et va m'attendre devant la gare des bus.

C'est dans des cas de ce genre qu'on se rend exactement compte si une souris est faite ou non pour vous. N'importe quelle pécore, tu lui balances ces vannes, elle veut tout savoir et c'est le feu roulant des questions. Ma gisquette, chapeau ! Elle joue « la ferme » à guichet (et bouche) fermé (e). La voilà qui cramponne les clés de la tire en loucedé. Poliment, elle attend la fin du morcif. Quand la salle éclate en bravos, elle se casse.

Je gamberge à la situasse insolite. Je ne me suis pas retourné une seule fois. La troupe andalouse se paie un temps mort. La patronne en profite pour écluser un scotch bien tassé. Autour de moi, ça jactouille dans les langues européennes les plus usuelles : anglais, allemand, français, espagnol, italien.

Je ressens une vibration dans ma chaise. C'est Jacky Sullivan qui donne de petits coups de pied dedans pour m'avertir qu'il s'apprête à mettre les adjas. Alors je me lève et gagne la sortie sans me presser.

Pour se placarder, une fois dehors, c'est un vrai velours car la placette est saturée de bagnoles disposées à la diable autour des palmiers. Marie-Marie est

déjà parée pour la décarrade expresse, en bordure de
l'église. Y a encore un petit bar ouvert, face à elle,
d'où sortent des jacasseries andaloches. Un gazier
aveugle se tient adossé au mur, espérant en la pitié
des noctambules déambulatoires. Je me trouve un
affût pépère derrière une Rolls immatriculée en
Arabie. Pas besoin de me baisser : je m'accoude
simplement au coffre et guigne l'entrée du cabaret à
travers la vitre arrière et le pare-brise.

Je n'attends pas longtemps. Trois personnes sortent de la boîte pour commencer : une femme et
deux mecs. La femme est asiatique. Probablement,
s'agit-il de la gonzesse dont m'a parlé Sullivan, car
plus belle qu'elle, tes bourses explosent comme une
bonbonne de Butane dans une cheminée. Jamais vu
une créature pareille ! Elle te coupe le souffle ! Elle
porte un ensemble blanc pantalon bouffant et blouse
à larges manches, souliers blancs, collier de chien en
diamants. Mais ça, je te le cite pour mémoire. La
manière de se loquer n'a aucune importance quand
on est aussi fabuleusement terriblement admirable-
ment sauvagement totalement superbe ! Elle se vêti-
rait d'un sac de pommes de terre percé de trois trous,
y aurait pas grand-chose de changé. Deux types
l'accompagnent. Un grand blond, mince, genre
pédale de luxe, tout de blanc vêtu lui aussi, et un
homme grassouillet, un peu chinois sur les bords,
loqué d'un costume léger à rayures grises et noires.

A peine ce trio est-il sorti qu'un quatrième mec
apparaît à son tour. Un grand rouquinant, avec une
chemise de ville bleue et un pantalon de ville
beigeâtre, plus de grosses tartines triple semelle et
des chaussettes basses mais qui parviennent à tire-
bouchonner : Sullivan ! Y a qu'un Rosbif pour traî-
ner ses os ainsi fagoté dans Marbella.

Alors, donc, que je t'explique bien le topo : la

Chinoise et ses compagnons se dirigent vers la
Fonda, ils sont venus laguche sans voiture et descendent à pincebroque la petite rue bordée de maisons
anciennes dont les balcons de fer forgé sont autant de
chefs-d'œuvre, dirait un écrivain homologué.

Ils vont d'un bon pas en marchant sur la chaussée
car la circulance est pratiquement nulle à cette heure
avancée. Sullivan les suit à distance.

Je les laisse prendre du champ, à tous, après quoi
j'adresse un geste à Marie-Marie pour lui indiquer
qu'elle devra aller m'attendre dans le centre ville, et
je me mets à filocher mon joli monde. A vrai dire, je
pige mal les angoisses du chef inspecteur. La Chinetoque et ses deux compagnons ne s'occupent pas plus
de lui que je ne m'occupe, moi, de la prostate du
président de la République. Ils dévalent la rue en
pente, devisant et riant, sans se retourner.

Rien d'inquiétant là-dedans. Je file de fréquents
coups de sabords derrière moi pour m'assurer que
personne ne s'est joint au cortège que nous formons ;
mais non. Çà et là, des groupes de jeunes Espanches
devisent et chahutent sur le pas d'une porte. Des
estaminets minuscules balancent des flots de musique
ibérique. On voit des dames accoudées à des comp-
toirs, des gens qui bouffent de l'huileux avec les
doigts ; des gosses qu'on a oublié de coucher jouent
entre les jambes des adultes comme dans un boque-
teau.

Le chef inspecteur va, de sa pesante démarche de
flic. Quand je l'ai connu, à Scotland Yard, il était
cravaté, guindé. Ici, sans veston ni cravtouze, il fait
week-end dans son pavillon de banlieue. On s'étonne
qu'il n'ait pas quelque tournevis à la main.

La Chinoise et ses deux aminches s'effacent pour
laisser le passage à une moto qui remonte la rue en
grondant. Ses pétarades ébranlent tout le quartier.

C'est un gros bolide rouge, avec deux mecs dessus, en tee-shirt, mais casqués. Le fauve d'acier s'emporte rageusement vers les hauteurs.

C'est au tour de Sullivan de planquer sa couenne. Il s'appuie des jambes contre les arceaux de fer bordant la rue et qui empêchent les automobilistes de se garer sur les trottoirs.

L'engin poursuit son rush. Je m'écarte aussi. A cet instant, j'aperçois Sullivan qui s'affale sur la chaussée. Sa chemise bleue est ensanglantée. Un éclair ! Je pige ! Le passager de la moto enquille déjà son pétard par le col de son tee-shirt. Le pilote met de la sauce, le bolide me passe. J'agis sans le vouloir. Toujours, mézigue, dans les cas extrêmes. L'acte précède la pensée !

Je balance un coup de talon féroce, au jugé, priant Dieu de ne pas me filer la pattoune dans les rayons. Mais non, c'est le porte-bagages que j'atteins. La moto embarde sous l'impact. Son conducteur tente de redresser, mais comme mon chtard s'est produit au moment où il rajoutait du gaz, il ne peut contrôler à cent pour cent sa bécane, laquelle donne du cul contre un arceau de fer. La jambe droite du passager en prend un sérieux coup et vole en éclats, ou presque ! Fracture ouverte, t'as l'os qui troue le jean et qui te fait coucou. Le mec, un turbin pareil, il peut pas supporter et défaille. Pendant ce temps, son pote a redressé la situasse et bombe plein tube sans se soucier de lui. Le tueur de l'arrière, désarçonné, choit lourdement sur le paveton. Sa nuque porte contre la bordure du trottoir et il reste *out*.

Je ne m'occupe pas de lui. Vite à Sullivan ! Mon confrère britannouille est couché de tout son long dans la rue, sa frite exprime la plus folle des souffrances. Je m'agenouille. Il respire toujours et du sang bouillonnant met comme un hortensia rouge à ses lèvres. Et puis l'hortensia claque et un autre se reconstitue.

Des tas de mecs se rabattent sur les allongés en pérorant bien haut. De Chinoise et consorts, point ! Envolés, ils sont !

J'examine les blessures de Sullivan : il a morflé deux bastos dans la poitrine, mais pas dans la région du cœur. Je pressentimente que s'il n'en meurt pas, il s'en tirera, comme le ferait remarquer Alexandre-Benoît Bérurier, avec sa pertinence coutumière.

Il râle faiblement. Son regard tout chaviré paraît ne pas discerner grand-chose.

— Je suis là, inspecteur, lui murmuré-je ; San-Antonio. Je n'ai pas pu intervenir, le coup était si imprévisible. Vous avez pris du plomb dans la poitrine, mais vous allez vous en tirer.

Sa plainte s'interrompt.

— Mal ! bredouille-t-il.

— Je vais vous accompagner à l'hosto et je veillerai à ce que vous soyez rapatrié le plus rapidement possible par avion sanitaire.

Des mots ! Servent-ils à quelque chose ? L'homme broyé par la souffrance se fout de tout ce qui peut lui être débité. Seule sa douleur existe. Je m'obstine pourtant... Il faut qu'un espoir subsiste quelque part en lui. Il me paraît primordial de lui garder une notion de vie qui va continuer, malgré l'horreur de l'instant.

Ensuite, les perdreaux s'annoncent avec leur kibour plat. Pas commodes, le style aboyeurs ! Puis des ambulances. Je déclare que je suis l'ami du blessé et on me laisse monter auprès du chef inspecteur.

Ils lui ont plaqué un masque à oxygène sur le visage. Le véhicule fonce dans les ruelles pittoresques, toute sirène déclenchée.

Marie-Marie m'attend, adossée au capot de notre
Ford blanche de location. Des brunets en jean et
chemise ouverte jusqu'à la ceinture tourniquent
autour d'elle, lui demandant en espagnol si elle aurait
pas envie de baiser, par hasard. Comme elle cause
l'ibérique à merveille, elle leur répond que non merci
bien et ajoute, étant de bon conseil, qu'ils devraient
aller se faire foutre. Ma venue met fin à cet échange
de vue.

Sans un mot, je m'installe au volant. La môme
prend place à mon côté, un peu surprise par mon
manque de galanterie tout à fait inhabituel.

En termes d'une admirable concision, je lui relate
le gag Sullivan. La manière dont il m'a virgulé son
S.O.S. au cabaret et ce qui a suivi.

Elle murmure :

— Je me demande s'il existe un coin au monde où
tu pourrais être peinard quarante-huit heures. Tu
attires le drame comme le crottin de cheval attire les
moineaux !

— Merci pour la comparaison, ma poule !

— Quel est le programme, maintenant ?

— Il faut que je retourne à la clinique de Marbella
pour prendre de ses nouvelles, et qu'ensuite je
témoigne à la police.

— Tu vas leur dire quoi ?

— Le strict nécessaire…

Elle me sent en pleine gamberge et n'insiste pas.

Le commissaire Pedro Descampetta y Gouñafiez
est un petit homme aux crins gris, à lunettes rondes,
maussade, avec un nez rond, le teint blême et une
fausse Rolese. Il porte un complet marron dont sa
bonne femme fait le pli chaque année avant la

semaine sainte, une chemise jaune paille et une cravate verte et rouge, un peu luisante du nœud ; mais moi je dis qu'un nœud c'est fait pour briller, non, t'es pas d'accord ?

Il examine mes fafs, hoche la tête et me les rend à regret.

— Oui, j'ai entendu parler de vous, me dit-il, sans joie et en français cependant ; car j'ai été en poste au Maroc.

Je ne cherche pas à comprendre en quoi le cher et prestigieux Maroc sert ma réputation. Il est vrai que j'y ai vécu certaines aventures intéressantes dont je n'aurai pas la putasserie de vite te fournir la référence.

J'opine.

Je lâche un merci qui ne rime à rien ; mais quoi, c'est pas commode de coexister !

Pedro Descampetta murmure :

— Vous voulez bien me narrer les faits avant qu'on enregistre votre déposition ?

— Naturellement !

Je lui bonnis comme quoi je me trouve ici en voyage d'amour avec la mignonne gonzesse qui m'attend dans le poste contigu. On s'offrait un peu de folklore andalou quand, dans mon dos, une voix... Bref, je lui raconte tout, en passant sous silence la Chinoise, ne voulant pas patauger dans la gamelle du chef inspecteur Jacky Sullivan, le pauvre, avec ses poumons troués, déjà, hein ?

J'explique que j'ai décidé de le suivre pour le couvrir, le cas échéant. Et puis cette monstrueuse moto est arrivée en grondant avec ses deux passagers et poum ! poum !

Je relate ma réaction. Le coup de saton déséquilibreur. Le tueur qui va à dame. Terminus !

Mon confrère hoche la tête. Il allume une cigarette

puisée dans le paquet traînant sur son sous-main et
regarde un instant la flamme de l'allouf avant de la
souffler.

— Sullivan ne vous a rien dit d'autre ?

— Rien.

— La moto a-t-elle démarré pendant qu'il descendait la rue ?

— Non : elle arrivait à pleine vitesse.

— Donc, les assaillants savaient que l'Anglais
avait quitté le cabaret ? Quelqu'un les a prévenus ?

Pas con, le collègue.

— Ça paraît certain.

A mon tour de questionner :

— Des nouvelles du flingueur ?

— Mort sur le coup : vertèbres cervicales, son
casque ne descendait pas suffisamment bas.

— Vous avez une idée à propos de son identité ?

— Mieux qu'une idée !

Il se lève et va dans le fond de son bureau. Une
vaste plaque de liège est fixée au mur, sur laquelle est
« punaisée » une foule de photos. Il m'en désigne
une. Je m'approche et je découvre un gars d'environ
vingt-huit ans, très brun, le cheveu long, le regard
noir comme deux canons de pistolet, le cou particulièrement large. Un cou de taureau ! Il a l'air aussi
doux qu'un essaim de frelons dans lequel on a filé un
coup de pied.

— Felipe Sanchez, présente le commissaire.
Fiché au grand banditisme ; évadé de la prison de
Granada le mois dernier. Assassinats, vols à main
armée, plus tout le reste ! Votre coup de pied a
débarrassé l'Espagne d'une fameuse vermine !

Ça glouglloute de tous côtés dans le *Puente
Romano*, l'un des plus beaux hôtels du monde. Un

hôtel en forme de village de rêve. Des constructions blanches, harmonieuses, suivent la rive d'un ruisseau, depuis la route jusqu'à la mer. La végétation tropicale est un enchantement : Paul et Virginie ! C'est artistiquement échevelé, capiteusement touffu ; d'une exubérance folle. Tous les sens sont à la fête.

Dans ma robe de chambre en nids-d'abeilles Orient-Express, je déguste le soleil sur la petite terrasse qui nous est impartie. Des fleurs multicolores débordent des jardinières prises dans le mur et crépi à la chaux. Je suis du regard le passage d'un menu lézard qui s'arrête pour m'adresser un clin d'œil avant de disparaître.

On est bien. Des employés en short s'activent pour mettre la piscine en état.

Marie-Marie surgit, drapée simplement d'une serviette de bain, avec le plateau du petit déjeuner qu'un serveur vient d'apporter.

Ça renifle le caoua neuf et le croissant chaud. La Musaraigne se met à m'en beurrer un et je le croque distraitement, en trois bouchées goulues. Déjà je tends la main pour en saisir un second.

— Eh ben, toi, faut pas t'en promettre ! plaisante-t-elle.

On sonne. La môme va ouvrir. Je m'attends à un employé du *Puente,* mais c'est le commissaire Descampetta. Il a le même accoutrement qu'hier, mais il est rasé de frais.

— Je ne vous dérange pas en venant d'aussi bonne heure ?

Il est dix plombes passées. C'est-à-dire l'aube pour l'Espagne où la vie est merveilleusement décalée par rapport au reste du monde.

— Pas du tout, cher collègue ! Vous prenez une tasse de café avec nous ?

— Volontiers.

Il s'assied dans un fauteuil de fer et essuie son front moite.

— J'ai une mauvaise nouvelle, me dit-il tout à trac, comme pour se débarrasser d'une corvée. Sullivan est décédé d'un infarctus postopératoire pendant la nuit. Le chirurgien qui lui a extrait les balles le jugeait cependant hors de danger... On a tout tenté pour essayer de le ranimer, mais il était trop tard.

Je ne moufte pas. Je revois le grand rouquin en chemise de ville, avec ses écrase-merde à petits trous, descendant la rue, cette nuit. Il savait qu'il était en danger. Que ça urgeait ! Sans doute représentais-je son dernier espoir.

Espoir déçu...

J'avale une gorgée de café. Pedro Descampetta me considère derrière les verres bombés de ses besicles.

— Et cette enquête ? demandé-je par politesse.

— Elle est conduite par Malaga, moi je joue les cinquièmes roues du carrosse.

— Une cinquième roue s'appelle une roue de secours, mon cher confrère, et c'est très important parfois.

Il a un sourire court, trop juste, de mec dont le grand zygomatique serait paralysé.

— En attendant la venue de mes collègues, je me suis rendu au cabaret pour vérifier si quelqu'un avait téléphoné lorsque Sullivan en est sorti.

— Alors ?

— Négatif : leur téléphone est en dérangement depuis deux jours.

Il se soulève un tantisoit pour remettre en place son testicule gauche qui a dû se coincer hors de son slip.

— Pourtant, il a bien fallu qu'on donne le signal au tueur, non ? souligne-t-il en se rasseyant.

— Alors, un talkie-walkie, hypothésé-je.

— Probablement. Quelqu'un attendait à l'extérieur...

— En ce cas, ce quelqu'un m'aura vu puisque moi aussi je surveillais la sortie de Sullivan.

Pedro Descampetta remercie Marie-Marie pour la tasse de caoua qu'elle lui présente. Non, *gracias*, il ne veut pas de lait.

— Ouvrez l'œil, me dit-il. Si les complices des tueurs vous ont repéré, vous êtes en danger à votre tour.

Pile ce que j'étais en train de me dire.

Mon homologue finit sa tasse et se lève.

— Vous pensez séjourner combien de temps à Marbella ?

— Jusqu'à la fin de la semaine, pourquoi ?

— Comme ça... S'il y avait du nouveau, soyez gentil, prévenez-moi. Autre chose : il est probable que les flics de Malaga vont vous interroger.

— Je suis à leur disposition.

On se presse les cartilages et il les met. Je le regarde descendre l'escalier extérieur qu'escaladent des plantes grimpantes. Le soleil met toute la sauce et des pigeons blancs, perchés sur le bord des toits, ramagent tant que ça peut. Une ambiance apaisante, quasi suave.

Marie-Marie m'attend dans le petit couloir. Le peignoir qu'elle a vite passé à l'arrivée du flic bâille du devant et j'ai droit maintenant à deux colombes qui ne roucoulent pas mais se gonflent *very well*. Les ravissants mamelons m'inspirent. Je pourrais leur composer une églogue, ou bien les prendre dans ma bouche, ce qui serait plus direct, tu ne penses pas ? Comme je n'ai qu'une bouche et qu'elle a deux seins, je compense le second à la main.

On est dingues de se livrer à des mutineries de ce

genre car elles t'extrapolent en deux coups de cuiller
à appeau. V'là l'ami mandrin qui déguise ma robe de
chambre en plus grand chapiteau du monde. L'Antonio, tu le prendrais pour la motrice du T.G.V. avec
ce peignoir orange ! Un rien, il entre en gare, le
forçat du zob ! Sera-ce ce morninge que la grande
cabriole va s'accomplir ?

Je dénoue son vêtement qui n'attendait que ça.
Puis le mien. On est là, nus du devant, soudés.
Chiche que je l'embroque tout debout, ma pécore
jolie ? Te la promène un moment dans la turne avant
d'aller l'accomplir sur le pucier. Tu veux parier ? Le
camarade Zifoloff avec sa tête chercheuse à lubrifica-
tion lubrique, se met déjà en campagne.

Et pile à ce moment : « Gling-Gling », on sonne !
Merde !

C'est le loufiat qui vient chercher le plateau.
*Charme rompu stop. Dégodanche immédiate stop.
Remettre urgence dans kangourou stop. Amitiés à
tous. Signé Big Zob.*

Ni temps passé, ni les amours reviennent...

Alors je remets ma bitoune sous le pont Mirabeau
de mon bêtite peignoir et vais m'installer auprès du
bigophone.

Ayant décliné seize fois mon *name* et mon titre aux
différentes standardistes de Scotland Yard, je finis
par obtenir le superintendant Foucketts. Il cause
anglais pile comme le gonzier d'Assimil qui bonnit :
My tailor is rich pour, aussitôt après, ce con, ruiner le
malheureux tailleur en affirmant que son *tailor is not
rich* !

— Que puis-je pour vous, monsieur le commissaire ?

— J'aimerais vous entretenir du chef inspecteur
Jacky Sullivan, attaqué-je.

— Il n'y a plus de chef inspecteur Jacky Sullivan, me rétorque calmement Foucketts.

Je songe que les nouvelles vont vite et qu'on les accueille au Yard avec un certain cynisme. Son : « Il n'y a plus de chef inspecteur Jacky Sullivan » me fait songer à l'histoire du mec qui, allant apprendre à une dame la mort accidentelle de son époux, demande quand elle lui ouvre la lourde :« Vous êtes bien Mme veuve Dupont ? »

— C'est justement pour vous parler de sa mort que je vous téléphone, monsieur le superintendant.

Il marque un temps. Puis :

— Sullivan est mort ?

— Comment, vous l'ignoriez ?

— Absolument. Sullivan ne fait plus partie de Scotland Yard depuis trois ans. Il avait pris sa retraite anticipée à la suite d'un infarctus. Que lui est-il arrivé ?

— Deux balles dans la poitrine, à Marbella, Espagne.

— Navré, me dit l'autre comme s'il venait de renverser sa tasse de café.

Et puis c'est tout. Pas de questions. La mort de son ex-collaborateur ne le concerne pas. Il la déplore, mais, professionnellement, s'en tartine la prostate.

— Sullivan avait cessé toute activité ?

— Je crois savoir qu'il avait ouvert une agence privée car il s'ennuyait. Pour plus de détails, demandez à sa femme.

— Vous avez son adresse ?

— Je sais que Jacky habitait Marlow, mais peut-être avait-il déménagé ? Ecoutez, monsieur le commissaire, je vais vous passer ma secrétaire, elle saura vous retrouver leur téléphone.

Bon. Tout comme le flagellateur de chez la mère

Monminoux, qui tient un clandé boulevard des Batignolles, il a d'autres chats à fouetter.

Je le remercie avec le nez en moins et j'entreprends une certaine Paddy Brown, qui a l'accent du Yorkshire et qui fouette des aisselles parce qu'elle est rouquine de la tête aux pieds.

Une voix d'homme me répond après que la sonnerie d'appel eut longuement carillonné.

— Ici le commissaire San-Antonio de la police parisienne, annoncé-je. Puis-je parler à mistress Sullivan ?

— Je crains que non, me dit le terlocuteur des hautes œuvres ; mistress Sullivan vient d'apprendre une terrible nouvelle et n'est pas en état de parler au téléphone.

— Vous parlez du décès de son époux ? enchaîné-je. C'est précisément à ce propos que je désire l'entretenir. J'étais en compagnie de Jacky lorsqu'il a été agressé et c'est moi qui l'ai conduit à la clinique de Marbella.

Je sens que ça change tout. Mon correspondant me propose de rester en ligne pendant qu'il va « voir ça » avec sa pauvre sœur.

Je l'obtiens une minute plus tard. Elle cause tout menu, tout blafard, la pauvre femme. Tu dirais une asthmatique au bout de son rouleau.

Je lui virgule les condoléances d'usage, assorties de bonnes paroles. Qu'après quoi, à sa demande, je lui narre ce que tu sais, alors pas la peine de te remettre le couvert puisque tu as déjà bouffé, hein ?

Quand j'ai achevé de lui faire cadeau de ce que je sais, j'attends qu'elle m'offre ce que je veux savoir.

— On m'a dit que Jacky avait ouvert une agence privée ?

— En effet.

— Il travaillait beaucoup ?

— Pas tellement, parce qu'il sélectionnait les affaires qu'on lui proposait. Les histoires d'adultères, les petits vols ne l'intéressaient pas. Il continuait de s'occuper pour le plaisir car nous avons de quoi vivre confortablement.

— Il vous parlait de ses enquêtes ?

— Un minimum ; il n'a jamais été très loquace au plan professionnel.

— Prenons son voyage à Marbella, il vous a dit ce qui le motivait ?

— Vaguement.

— Puis-je savoir ?

Malgré sa peine, elle démorfond pour me dire avec une certaine incisivité (comme l'écrirait Jean Dutourd) :

— Pourquoi ?

— Madame Sullivan, je n'étais pas l'ami de votre mari, mais il s'est adressé à moi quelques minutes avant d'être tué et je me sens quelque part concerné par son assassinat. Je voudrais profiter de mon séjour ici pour tenter d'éclaircir le mystère de sa mort ; donc, de la venger, pour employer un grand mot.

Elle étouffe un sanglot. Réceptive, la dame. La peine, c'est comme la musique : ça donne des états d'âme.

— Eh bien, il m'a parlé d'une Chinoise...

— Oui ?

— Une Chinoise nommée Li Pût qui est une espèce de créature du mal. Une poule de luxe qu'on soupçonne de faire périr ses amants. Récemment, cette fille a été l'amie d'un lord qui est trépassé dans ses bras d'une crise cardiaque. La fille de ce lord n'a pas été satisfaite du diagnostic malgré qu'il eût été confirmé par une contre-autopsie ; elle est donc venue trouver mon mari. Le hasard l'avait mise en présence du fils d'un diplomate allemand, mort également pendant une étreinte avec cette Chinoise... Jacky s'est intéressé au personnage et a découvert une troisième mort semblable au Canada, l'an dernier. Il s'est attaché à la surveillance de la Chinoise et s'est rendu à Marbella parce qu'elle venait d'y débarquer...

— Eh bien voilà qui me paraît fort intéressant, madame Sullivan. Jacky vous a-t-il parlé de cette femme depuis qu'il était ici ?

— Il m'a téléphoné avant-hier pour prendre de mes nouvelles. Il m'a annoncé que son job marchait bien et qu'il pensait bientôt rentrer. Rien de plus.

Je remercie chaleureusement la veuve. Je voudrais pouvoir lui remonter la pendule, cette chérie, lui expliquer qu'une bite de perdue, c'est dix de retrouvées, mais elle pourrait se formaliser, alors je m'abstiens. Avec ces Anglaises tellement britanniques, tu sais, on craint toujours de mettre à côté de la plaque.

Je raccroche et m'allonge sur le plumard.

Un rideau de perles en bois isole le coin à pieuter du coin salon. Il y règne une relative pénombre. A travers les perles, j'aperçois un piaf effronté, sur la table de ma terrasse, occupé à becqueter des miettes de croissant. La grâce ! Moi, j'aimerais bien être un oiseau, sauf que ça m'embêterait de ne pas avoir de mains pour ouvrir ma braguette et dégainer mon chibre à bascule.

Marie-Marie vient s'asseoir à mon chevet. Bonjour, docteur ! Elle me sourit.

— Je ne parviens pas à croire que nous sommes ici, toi et moi, Tonio. Depuis ma prime enfance je rêvais de cela. Tu ne penses pas que ça fait un peu peur, un rêve qui se réalise ?

— Je trouve que c'est plutôt réconfortant ; ça

justifie l'espoir. On veut très fort des choses, les
obtenir représente une victoire sur le destin.

Elle sourit. Tu ne peux pas savoir l'à quel point elle
est devenue jolie, cette pécore ! J'ai beau partir à la
recherche de la petite fille effrontée qu'elle a été,
mon souvenir capote. Il ne reste plus que cette belle
fille sage et légèrement mystérieuse, mystérieuse
comme toutes les filles sages.

— Je crois que je vais potasser mes bouquins
pendant que tu t'occuperas de la Chinoise, réfléchit-
elle.

Je tressaille.

— Comment ça, je vais m'occuper de la Chinoise ?

Elle pouffe.

— Hé ! dis, l'artiste, je te connais : tu ne vas pas
en rester là avec cette affaire ! La mort du Rosbif te
tient à cœur, tu l'as dit il y a un instant à sa veuvasse.

De telles paroles me musiquent l'âme. Non seulement on s'aime, mais elle me comprend à bloc ; elle
me « vit » ! Ah ! l'exquise...

— Sois prudent, ajoute-t-elle, j'ai pas envie que tu
rentres à Paname dans la soute à bagages.

Prudent ?

Ça signifie quoi dans notre job, au fait ? Sullivan
l'a été, prudent, j'en suis convaincu. N'empêche
qu'on lui a fait avaler des noyaux qu'il a pas pu
recracher, non ?

Prudent, ça voudrait dire s'embusquer à proximité
du domicile de la Chinoise pour étudier ses faits et
gestes. En moins de deux, je serais repéré et vraisem-
blablement neutralisé à mon tour. Faudrait être
bouché comme une salière de cantine pour comporter ainsi. Non, non, mon instinct m'induit à une autre
tactique.

— Tu vas potasser quoi ? fais-je.

Elle prépare l'agrégation, Ninette. C'est une

gagneuse. Elle deviendra prof de haut niveau. Un
jour, plus tard, elle sera conseillère municipale et
bataillera pour qu'on crée des crèches dans sa
commune. Et puis elle fera partie de commissions de
ceci et de cela et cassera les couilles à tout un chacun
afin d'améliorer le sort de l'humanité souffreteuse.
Tu la connais pas, la mère ! Y a de la Jehanne d'Arc
en elle ! Mâtinée pasionaria ! Pour l'instant, elle
m'adore ; bon, très bien. Ça la mobilise à quatre-
vingts pour cent. Mais un jour, son amour deviendra
plus étale, plus calme et alors elle compensera par ces
combats douteux que cause Steinbeck. Le grand
amour, je vais te dire : si tu veux qu'il dure toujours,
il faut comprendre qu'il va cesser à un moment ou à
un autre. Il est mortel, comme nous, comme tout !
Les amants célèbres sont ceux qui se sont butés parce
qu'ils avaient pigé ça.

— Je me respire le règne de Louis IV d'Outremer,
m'informe miss Moncœur.

— Le fils de Charles le Simple ?

— Mince, tu sais cela !

— Flic mais pas analphabète ! ricané-je. Si je me
suis décidé à vivre avec toi, c'est parce que t'es prof
d'Histoire-géo, môme. Mon hobby ! Je peux même te
confier que ton pote Louis IV était un beau fumier. Il
est monté sur le trône grâce à l'appui d'Hugues le
Grand et, une fois *king*, il n'a rien eu de plus pressé
que de lui flanquer une pâtée noire ! L'Histoire est un
perpétuel recommencement parce que les hommes
ne changeront jamais !

Là-dessus je lui roule une gentille galoche avant
d'aller prendre ma douche.

Lomas est un petit village fraîchement bâti, à
droite de la nationale Malaga-Cadix, sur la hauteur.

De là tu vois la mer avec, au loin, ce rocher de
Gibraltar où les Britanniques se cramponnent
comme des cormorans sur un récif. Derrière, c'est la
montagne avec la Concha, ainsi nommée parce
qu'elle a la forme d'une coquille. Cette urbanisation,
comme ils disent ici, est une réussite. Elle se compose
de minuscules maisons de poupées artistiquement
enchevêtrées. Style andalou « interprété ». Des portes à petits caissons, des fenêtres pourvues de grilles
ouvragées, des ruelles terminées par des escaliers...
C'est calme, beau, fleuri. Malgré la piscine consti-
tuant un point possible de ralliement, tu n'entends
pas un bruit. Les bagnoles sont parquées à l'extérieur
du village, sur des placettes sorties de la scène du
Châtelet. Manque plus que la musique à Francis
Lopez pour faire vraiment faux ; mais le miracle de
Lomas est qu'il fait faussement vrai.

Tout est désert. Pas un greffier dans les rues, pas
une vieille femme sur le pas d'une lourde, pas un
enfant sautillant dans les venelles ensoleillées. A
croire que ce village est inoccupé ou que ses habitants
ont pris la veille une sangria géante bourrée de
somnifère.

Je finis par aviser un petit panneau indiquant une
agence de vente. Dans un trou d'ombre où ronronne
un immense ventilateur plafonnard, une aimable
jouvencelle téléphone à Julio comme quoi elle est
allée danser au *Don Pepe*, la veille, et que c'était
plein d'Italiens à la main baladeuse. Ces mecs ne
pensent qu'à « ça ». T'acceptes une gambille et les
voilà qui triquent comme des perdus !

Lorsqu'elle a achevé de doléer sur la sœur latine,
elle m'indique la maison de la « jolie Chinoise ».
C'est juste la rue au-dessus. On gravit des escadrins,
on traverse l'aire de la piscaille, à nouveau des
marches, ensuite...

Je lui souris un remerciement fourbi à l'Email
Diamant. La torpeur est de plus en plus dense sur
Lomas. Au bord de la piscine, y a deux adolescentes
en maillot monopièce suggestif qui se chuchotent des
dégueulasseries. Elles bronzent à vue d'œil. L'eau
bleue n'est animée que par le filtre d'épuration.
Tiens ! Une guêpe ! Elle passe près de moi sans me
saluer et va au pollen.

Je grimpe le deuxième escalier. Quel diable me
pousse ? Ne ferais-je pas mieux de rester auprès de
ma Merveilleuse dans notre exquis studio du *Puente
Romano* ?

Non, franchement, ce roman est superbe, tu verras ! Pour ce qui est du rapport qualité-prix, je vois
pas où tu pourrais trouver mieux. Sans vouloir
t'éventrer la mèche, comme dit Bérurier-le-Gros
(dont la devise est : « Mieux vaut queutard que
jamais »), je peux te dire que ma visite à la Chinoise
aura des conséquences. Sa *casa* est l'une des plus
ravissantes du village. Double porte flanquée de
deux lanternes anciennes. Grilles galbées aux fenêtres... Un jardinet clos d'un mur la prolonge, duquel
émerge un palmier (retiens bien cette datte). On
entend murmurer un jet d'eau au centre d'une
vasque. Je sonne.

C'est le Chinois grassouillet, qui escortait la belle
et son blondinet, qui vient délourder. Il est en short
blanc, tee-shirt jaune, sur le devant duquel est peint
un tigre endormi, avec cette phrase que je te traduis
de l'anglais : « Pour me réveiller, tirez-moi par la
queue, s'il vous plaît ! » Le gonzier a les jambes
tellement arquées qu'il doit être japonais plutôt que
chinois. Car, si tu l'auras remarqué, les Japs ont
presque tous des guibolles Louis XV pour faire le
pendant avec leurs tronches en plat d'offrande. Note

que je suis téméraire de débloquer sur eux car je suis
traduit au Japon et s'ils se vexent, ces cons vont me
biscotter, comme dit encore et toujours le Mastar.
Qu'après, je serai obligé d'aller chez Cavanna pour
me faire Hara-Kiri !

J'adresse un salut muet au gars.

— Pourrais-je avoir le grand honneur et l'indicible
plaisir de m'entretenir avec Mlle Li Pût ? je lui
demandé-je avec onction, componction et conjonc-
tion de coordination.

J'ai jacté en anglais. Le mec me répond dans le
même patois :

— Que lui voulez-vous ?

— Vous parlez espagnol ? m'enquiers-je, au lieu
de répondre.

— Non, dit-me-t-il.

Je lui produis alors ma carte professionnelle. Pour
un Asiatique qui ignore les langues latines, la différence entre le français et l'espingo est mièvre. De
plus, le mot « police » offre l'avantage d'être le
même sur tous les continents. Le Jaune le retapisse
d'entrée de jeu, ce qui n'est pas dif vu qu'il est écrit
plus gros que tout le reste.

Sans lui laisser le temps de se livrer à une
radioscopie du document, je le renfouille. Et puis,
bon, très bien, j'attends, les mains croisées devant
ma braguette, comme Laurent Fabius quand il va à la
messe donnée au profit des victimes de la Mort.

Mon vis-à-vis ne se presse pas non plus.

Tel qu'il se tient, avec son regard en boutonnières
de complet neuf, on pourrait croire qu'il pense à la
taxe sur la valeur surajoutée. Instant étrange. On
réagit comme si on s'était oubliés, ou qu'on soit
devenus transparents. Moi, fort de ma requête posée
en bonnet difforme, je décide que mon autonomie de
garde-à-vous est de plusieurs heures et qu'il devrait

se passer quelque chose avant que mes muscles ou ma vessie ne crient grâce, comme ce pauvre Rainier devant la tombe de sa malheureuse épouse qu'on a tous tant tellement regrettée, à part *Match.*

— Miss Li Pût se repose, finit-il par déclarer.

— Je la comprends, fais-je ; les vacances, c'est les vacances.

— Ne pourriez-vous repasser plus tard ? s'enquiert le plat d'offrande.

— Non, répondis-je aimablement et catégoriquement, car je suis capable de faire deux choses à la fois.

J'ajoute :

— Je ne peux pas repasser, mais je peux attendre et ceci compense cela, n'est-ce pas ?

Vaincu, il s'écarte pour m'inviter à entrer. Je pénètre de plain-pied dans un salon tout blanc, avec des meubles blancs, des tapis blancs, des rideaux blancs. Seules, des toiles abstraites flanquent des taches de couleur dans tout ce laitage. Et aussi un compotier plein de fruits artificiels.

L'homme qui a mis un tigre sur son thorax me montre un fauteuil que mon cul compatissant adopte séant tenant et s'éclipse (de lune, vu sa bouille).

Il flotte dans la pièce un parfum subtil que nos narines occidentales n'ont pas l'habitude de renifler. Ça me fait penser à un bordel de Bangkok que j'ai beaucoup aimé. Comme si on avait fait brûler des bâtonnets de je ne sais quoi qu'on ne trouve pas chez nous.

Je cherche des détails qui exprimeraient la personnalité des occupants, mais excepté le parfum extrê-moriental, je n'en trouve aucun. Pas un journal, pas un livre, pas un paquet de cigarettes, pas le moindre objet personnel. Ce salon pourrait être celui d'un appartement témoin composé par un décorateur. Il

fait d'ailleurs très décor. C'est culotté, vaguement
élégant, mais ça doit finir par te pomper l'air au bout
d'assez peu de temps.

Le Chinetoque réapparaît, furtif.

— Miss Li Pût va vous recevoir, m'annonce-t-il. Si
vous voulez bien me suivre...

On passe dans la carrée voisine qui se trouve être
une chambre à coucher. Il y règne une pénombre un
peu glauque. Malgré les rideaux tirés devant la
fenêtre, l'impétueux soleil d'Andalousie — olé ! —
réussit à couler des vermicelles d'or çà et là. De plus,
une curieuse lampe à huile est allumée sur un
meuble. L'huile est parfumée et c'est son odeur qui
s'insinue dans le salon voisin. Le verre de ce lumignon est rouge, mettant une lueur pourpre dans la
pièce. Mon regard fait vite l'acquisition des lieux,
comme l'écrirait la pointe (Bic de Marguerite)
Duras, dans ses bons jours. Je distingue un grand lit
espagnol en bois tourné, avec quatre montants en pas
de vis. La sublime créature aperçue la veille est là,
adossée à une paire d'oreillers noirs. Et les draps sont
noirs également. Le couvre-lit replié, lui, est orange.

Je reste debout devant le catafalque, vachement
dérouté, quoi, merde, faut comprendre ! Miss Li Pût
porte une chemise de nuit assez chaste, noire, avec
de la dentelle. Tout ce noir devrait être funèbre,
non ? Eh bien, il fait seulement précieux, voire
surréaliste. Le visage admirable se détache comme
celui d'une apparition (j'en ai jamais vu, mais on
m'en a causé) dans les ténèbres. Ce regard presque
minéral brille d'un éclat infiniment précieux.

— Bonjour, mademoiselle, bafouillé-je.

Sa voix est une merveille. Douce, chaude,
vibrante :

— Bonjour. Vous êtes de la police, me dit-on, et
vous désirez me parler ?

— Je, oui, heu, en effet...

— Alors asseyez-vous !

Je quête du regard un siège, dans la pénombre, je n'aperçois qu'un délicat fauteuil peint sur lequel gît un slip qui me fait gonfler les roustons jusqu'au menton.

— Venez ici ! invite mon hôtesse en tapotant le bord du lit.

Non mais dis, où ça va, ça ? Si elle compte me vamper, la miss catastrophes, elle se fout le doigt dans l'œil bien qu'elle ait ce dernier oblique.

Refuser ferait bêcheur, à tout le moins fonctionnaire à cheval sur les principes. J'avance jusqu'à sa couche et y dépose un dixième de miche. Alors là, crois-moi, Eloi, mais s'agit de se gaffer du vertige ! Se trouver à quelques centimètres de ce sujet d'élite, voilà qui te disjoncte le sensoriel. Je vois rouge, moi, au milieu de tout ce noir. Le brûle-parfum me chavire. S'y mêle celui de la personne. Oh ! pardon, Léon ! Vous m'en mettrez six caisses avec robinets. J'ai la vue qui se trouble, le tactile qui caramélise, l'ouïe en torche, l'odorat qui libidine, le goût qui s'apprête. Je pense fort fort à Marie-Marie qui, à quinze cents mètres d'ici, potasse les facéties de Louis IV d'Outremer (roi de 936 à 954). Au secours, ma chérie ! Il est en perdition, ton Antoine, ma poule !

— Je vous écoute, monsieur ! me fait-elle en espagnol pur fruit pur sucre de canne.

— Peut-être serait-il préférable que... heu... nous nous entretenions ailleurs que dans votre chambre, mademoiselle ? émets-je d'une voix pas convaincue.

— Pourquoi ?

— A vrai dire, les conditions ne me paraissent pas réunies pour une conversation sérieuse.

Ma belle électrocutrice a ses mains allongées de

part et d'autre de son corps qui se dessine fabuleusement sous le drap noir.

— Mais vous n'êtes pas espagnol ! s'exclame-
t-elle.

— Non, pas complètement, peaudebalbutié-je.

— Vous êtes français ?

— Tout à fait.

— Evidemment, votre accent ne trompe pas.

Cette dernière réplique dans un français impec,
que tu croirais celui d'Oxford, mon pauvre ami ! Elle
est polygone, cette nana.

En sus !

Ce qu'il y a d'essentiel, chez elle, ce n'est pas
seulement sa beauté, c'est son charme. Les ondes
fabuleuses qui partent d'elle et te captent, t'anesthé-
sient, te neutralisent, te rendent tout a gla gla. J'ai
connu un mec singulier, missionnaire. Il fumait le
cigare comme un businessman ricain dans un film des
Marx. Sa prouesse : il faisait des ronds de fumée et te
les enfilait autour du nez. Une chiée à la suite. Ploff,
ploff, ploff. La vraie prouesse. Il disait rien, te
regardait d'un œil lointain. Arrondissait ses lèvres en
cul-de-poule sodomisée. Et ploff ! Tu voyais se
constituer le cerceau de fumée. Le cercle tournoyait.
Il arrivait sur toi, kif un nuage dans le ciel d'été. Ça te
faisait loucher. Et tu le prenais autour du pif.

Les ondes à miss Li Pût, c'est un peu de cet ordre,
sauf qu'elle te les balance pas avec sa bouche mais
avec tous les pores de sa peau satinée. Ça lui part de
partout, ça se rassemble, ça se met à tourniquer, et
puis ça t'enveloppe et tu deviens tout chose.

— Ne sommes-nous pas bien, ici ? me demande-
t-elle.

Sa voix est une musique. La flûte à dix trous dont
jouent les bergers des steppes russes !

Je me racle la gargane, comme quoi heu, oui,

m'selle, pour être bien, ça je dis pas : on est super-impec !

Pour mettre en évidence sa justification, elle murmure :

— Vous me faites l'honneur de venir chez moi à un moment où je dors. Le lever, chez moi, implique tout un cérémonial et je ne veux pas vous faire attendre.

Ben bien sûr, naturellement, tu parles ! Avec beaucoup de parfaitement ! Ce que j'en disais, c'était crainte de la gêner...

— Alors, je vous écoute.

O.K. ! Ressaisis-toi, l'Antoine. Quand faut y aller, faut y aller !

Je détourne mon regard de sa géographie. L'odeur du lumignon continue de m'envaper la pensarde. Au prix d'un effort suburbain, comme dit Béru (doré de l'avant, je reprendrai mon sigle c.d.B. que j'avais mis au point dans je me rappelle plus lequel et qui signifie « comme dit Béru »), j'accroche une fois pour toutes mes yeux de velours à un montant de son lit. Dix-septième cercle, ça tu peux me croire.

— Hier au soir, plus exactement cette nuit, vous vous trouviez en compagnie de deux autres personnes dans le cabaret situé en face de la *Fonda.*

— C'est juste.

— Lorsque vous l'avez quitté, un homme s'est mis à vous filer, il vous suivait depuis déjà plusieurs jours.

— Vous me l'apprenez !

Je me retiens de la regarder. D'autant qu'elle remue dans son lit. Si elle prenait une attitude légèrement suggestive, je craquerais. Et quand l'Antonio craque, hein ? Bon !

— L'homme en question a été abattu par un homme qui se tenait à l'arrière d'une moto, alors qu'il descendait sur le centre ville, à cinquante mètres de vous.

— Je ne me suis aperçue de rien, et mes amis non plus. Sans doute parce que les bruits des détonations ont été couverts par le grondement de l'engin.

— Vous vous souvenez d'une motocyclette qui remontait la rue ?

— Oui, plus ou moins ; mais je ne saurais vous fournir de témoignage précis.

— Je ne viens pas chercher un témoignage.

— Que désirez-vous ?

— Vous parler de la mission de l'homme abattu.

— Une mission ?

— On ne suit pas les gens sans but. Au cas, très improbable, où vous l'ignoreriez, cet homme est un ancien inspecteur-chef de Scotland Yard. Son état de santé l'a contraint à prendre sa retraite anticipée, mais les bons chiens de chasse sont incorrigibles : quand ils n'ont plus de maîtres, ils chassent pour eux-mêmes. Lui, avait ouvert une officine de police privée à Londres et s'occupait de quelques affaires qu'il estimait intéressantes. Il a accepté celle que vous représentez avec un grand intérêt, m'a-t-on dit.

— Je représente une affaire, moi ! s'étonne la colombe jaune.

Là, impossible de ne pas la mater. Je ne pousse pas la témérité jusqu'au martyre. Une minute trente sans admirer cette grâce de la nature, c'est beaucoup, c'est trop !

Madoué ! Ne voilà-t-il pas qu'elle a repoussé son drap noir et qu'elle se tient assise en tailleuse (de pipes) contre ses deux oreillers ! La dentelle du bas de sa chemise de nuit lui arrive au-dessus des genoux. Et quels genoux ! Et quels mollets ! Et quelle fabuleuse zone d'ombre s'étend sous la chemise. Remonter le cours de l'Amazone ou du Zambèze, c'est de la gnognote comparé au remontage du cours de ses cuisses.

Go ! A présent va falloir que j'avale ma salive avant de poursuivre mon récit de « Tu ramènes ». Pas commode de gober un pacsif de coton hydrophile gros comme le poing.

— Oui, mademoiselle, vous représentez une affaire ; et je la trouve, moi aussi, passionnante.

— Expliquez-vous ?

— Je n'ai rien à expliquer puisque vous êtes l'héroïne, je peux tout juste vous révéler ce que nous savons de vos agissements.

— Allez-y.

— Nous savons que vous accordez vos faveurs à certains messieurs, lesquels meurent de crise cardiaque en les savourant ; ce qui me surprend à demi quand je vous regarde, ne puis-je m'empêcher d'ajouter. Mon malheureux confrère, décédé cette nuit, avait répertorié trois de ces personnages victimes de vos charmes. L'un était britannique, un autre allemand et un troisième canadien ; mais je suppose qu'il est allé au plus pressé et que cette liste n'est pas exhaustive.

Elle ne dit rien. Alors, quoi, je la regarde de nouveau. Elle me sourit. Et c'est inouï ! Je pourrais te pêcher d'autres qualificatifs dans le dico, mais le sens général est là : inouï. Ces yeux fendus, cette pupille de chat égyptien, ce sourire imperceptible. Et toutes ces ondes qui me rafalent contre ; bordel de merde ! Assez ! D'autant que, sans toucher à sa limouille de noye, v'là qu'à présent on peut remonter plus haut dans son fleuve de félicité ! Tiens, v'là que je chinoise, par contagion. Ce qu'on aperçoit, joint à ce qu'on devine, te déguise le père glandu en barre à mine !

Oh! dis donc; pourvu que mon bénouze de lin tienne bon!

— Vous croyez à cette histoire rocambolesque? elle chuchote.

Elle vient bel et bien de dire « rocambolesque », ce qui te prouve qu'elle manie notre langue aussi bien que la sienne quand elle fait feuille de lotus à ses clilles!

— Je n'ai aucune raison d'en douter, mademoiselle Li Pût. Feu l'ex chef-inspecteur Sullivan était le contraire d'un fabulateur. Niez-vous avoir eu des relations avec les trois bonshommes en question?

— Faudrait-il encore me fournir leur identité.

— Ce ne sera pas difficile.

— J'ai beaucoup de... relations, admet la déesse jaune, (allez, poum! je rechigne pas sur les mots).

— Admettez-vous que des messieurs soient décédés au cours de leurs ébats?

— Vous avez je crois un président de la République qui a connu cette fin glorieuse, objecte-t-elle.

— Donc, implicitement, vous l'admettez?

— Des autopsies ont été faites, toutes ont conclu à une mort naturelle, répond Li Pût.

Elle admet. Bravo! Je préfère un tel comportement plutôt que de me heurter à des dénégations indignées. Somme toute, elle est à l'abri, la jolie. Tout ce qu'on pourrait lui reprocher, c'est de produire un effet trop violent sur ses amants. Mais on n'a jamais traduit une dame en justice pour excès de charme!

— Mon confrère Jacky Sullivan est mort également d'une crise cardiaque, mais après avoir reçu deux balles dans la poitrine.

— Vous ne m'accusez pas de les avoir tirées? ironise Li Pût.

— Pas d'avoir tiré, non, mademoiselle.

— Mais d'avoir engagé un tueur ?

— Vous brûlez !

Nouveau silence. Il fait doux dans la chambre. Je suis complètement ensuqué par le parfum qui brûle et par le vertigo que me donne « la zone d'ombre ». Dur, dur ! Dans mon état je pourrais pas me déguiser en valet à la française. Tu me vois protubérer dans des collants, Armand ?

— Vous me permettez une question ? dit Li Pût.

— Mrrrvouaï, je barjaffe, espérant qu'elle va considérer cet automate taupé comme une approbation.

Elle.

— Que voulez-vous au juste, cher monsieur ? Et pour le compte de qui agissez-vous ?

— Je déteste que mes confrères — fussent-ils britanniques — se fassent liquider à mon nez et à ma barbe. Disons que je remplace Sullivan au pied levé !

— Alors, pourquoi venir me raconter tout cela ? Si je suis ce que vous croyez, ça peut être très dangereux pour vous ?

— Je ne l'ignore pas. Aussi ai-je pensé qu'il valait mieux jouer franc jeu avec vous plutôt que de finasser. Mon petit doigt me dit que si je m'étais mis à vous surveiller en rasant les murs, j'aurais rapidement privé ma chère maman de son fils unique.

Elle me fixe et j'ai des gazouillis dans le fondement.

— Quand on a réussi un enfant, à quoi bon prendre le risque d'en faire d'autres ?

Eh ben, dis donc... Excuse-moi si je te demande pardon, mais elle a pas besoin de fleurs pour me le dire, ma petite crème de litchis.

— Croyez-vous vraiment que j'aie le pouvoir de provoquer une crise cardiaque rien qu'en faisant l'amour ? demande-t-elle-me.

— Les Chinois qui ont inventé la poudre à canon, et mille autres choses, auraient pu mettre une telle méthode au point.

— Si bien que vous auriez peur de faire l'amour avec moi ?

Je me racle la tuyauterie avant de répondre :

— Un tel bonheur mérite un tel risque !

La zone d'ombre disparaît pour laisser resplendir le trésor le plus rarissime de l'Univers.

Ciao, les mecs ! Si quelqu'un demande après moi, dites-lui que je suis allé en Bretagne acheter des moules !

SA FAIBLESSE

T'es Armstrong en 69 (essuyez vos moustaches).
Tu marches sur la Lune, et c'est la première fois
qu'un tel événement se produit dans l'Histoire de
l'humanité.

Tu regardes une boule dans le ciel, et tu te dis
qu'elle se nomme la Terre. Que tu y es né, que tu y as
grandi, que des gens t'y attendent : ta vieille moman,
la fille que tu aimes, les rosiers du jardin, le gros
Béru et le malingre Pinuche devant un comptoir, les
éboueurs sénégalais, tonton Mitterrand, la soupe au
lard, le rhume des foins, Venise, le dernier bouquin
de Jean Vautrin... Et puis, ta pomme, t'es là, à trois
cent soixante mille kilomètres, empêtré dans ta
combinaison de chez Cacharel. T'as accompli le plus
long voyage qui se soit jamais fait, y compris celui
d'Alexandre le Grand qui a tant fait mouiller le cher
Roger Peyrefitte.

Tu te sens, tu sais quoi ? Loin ! Vraiment loin ! Tu
ne te trouves plus d'esprit de retour.

Eh bien, Bastien, ce que j'éprouve en ce moment,
à plat bide et les bras en croix sur la couche de Li Pût
est comparable à la contemplation d'Armstrong-le-
Pierrot-de-l'Espace. Depuis l'été 69, il a récupéré,
l'astronaute. Il s'est consacré en rentrant à des

besognes terre à terre. Il a réintégré la pesanteur comme on retrouve ses vêtements civils après une période militaire ; pourtant, je suis certain qu'il garde en lui ce faramineux vertige. Il continue de contempler la Terre depuis la Lune et le cul de sa dame n'a plus la même magie pour lui.

Ce que je viens de vivre avec la Chinoise, c'est autre chose que la vie. Je viens de non-vivre ! Sensations inconnues au bataillon ! Mon épiderme ignorait cela, mes glandes de même. N'appelons pas ça plaisir, non plus que jouissance. Il s'agit d'autre chose d'encore jamais répertorié. Un dépassement que je ne savais pas. La découverte ! Le Tout !

Terrassé comme le plombier naze qui vient de tirer sa deuxième crampe de l'année, moi, l'Antonio trépidant, l'inlassable, le fringant ; gésir ainsi, fourbu, vanné, démoellé, se peut-ce ?

Je ferme les yeux. Je suis bien. Et quand tu es bien « après », crois-moi, tu peux te pincer l'oreille et te dire que tu es content de toi !

Li Pût, elle, se tient sur le dos, mais en croix aussi, et même en croix de saint André (André ! vous êtes chez vous). Du bout des doigts, elle me titille le lobe ; c'est là le seul mouvement qu'elle puisse encore s'autoriser dans l'état d'anéantissement où elle se trouve également. L'odeur du brûle-parfum fait partie de moi désormais. Je respire menu.

Mes yeux sont clos. La planète Terre, là-haut, tournique dans le soleil, avec son chargement de m'man, Marie-Marie, Béru, Pinuche, Mitterrand, océan Pacifique, lac Léman, mont Blanc, chocolat Nestlé, duc d'Edimbourg, Caroline de Monaco, m'sieur Paul du *Café des Platanes* et autres...

Pour rallier ma base de lancement, ça va être coton. M'enfin, on avisera plus tard ; si mon vaisseau, ma vaisselle, mes faisceaux, ma faisselle, ma Cocteau, mon cocktail sont toujours en ordre de marche ou crève charogne! Veux plus le savoir!

Bien! Bien je suis. Je suis bien. Suis bien je. Somptueux! Superbe! Guiliguili, *arrhoua ména!*

Des blancs, des gris, coupés de noirs.

Le silence qu'à peine un léger tintement, un bourdonnement d'insecte au-dehors...

Le temps passe...

Quel temps?

Et combien?

M'en fous.

Je suis bien, je te dis-je!

Elle chuchote, après des années de mutisme :

— On va manger quelque chose.

Impossible de répondre. Li Pût remue faiblement. Elle décroche un bigophone. Elle cause en xylophone. Le silence se joint au parfum pour nous ensevelir à nouveau.

Et puis elle murmure de sa voix comme une pluie de pétaux de rose :

— Vous m'avez fait atteindre le point culminant de la jouissance.

Cette déclaration m'arrache aux vapes bienheureuses. Dis, faut pas qu'elle me chambre, la déesse! L'amour, c'est son turbin. Elle est championne du monde incontestée, mais chez les pros!

Je bande mon énergie à défaut d'autre chose pour soupirer :

— Epargnez-moi le baratin post-opératoire ; ce fut trop bon pour qu'on le gâche avec des mots!

Elle se dresse sur son séant d'une seule détente. Puis, elle se penche sur moi et chuchote à mon oreille (celle que tu préfères, je veux rien t'imposer) :

— Ecoutez-moi, et écoutez bien. Il est exact que je suis une prostituée du top-niveau. Il est exact que je connaisse la manière de provoquer la mort d'un individu par arrêt du cœur. Il est exact que j'ai tué des hommes de cette façon : ceux que vous avez évoqués et beaucoup d'autres. Vous ayant confié cela, il faut que vous me croyiez quand je vous affirme que j'ai joui tout à l'heure pour la première fois de mon existence. J'ai fait l'amour avec des maîtres du sexe, des techniciens chinois surdoués en matière de sensualité et dotés d'une science que vous ne soupçonnez pas. J'ai fait l'amour avec des hommes armés d'un membre surdimensionné et qui savaient le manœuvrer. J'ai fait l'amour avec des sadiques aux folles inventions. Je me suis livrée à des femmes en rut ! Je connais tout ! J'ai tout essayé ! Les orgasmes que j'en ai tirés étaient misérables et flétris comparés à celui que je vous dois. Enfin la plénitude !

— Moi z'aussi, fais-je.

Car je la crois. Ce que je viens de vivre n'aurait été tel sans une totale participation de ma partenaire. Les plaintes que je lui ai arrachées, les hurlements qu'elle a poussés, les larmes qu'elle a versées ne pouvaient être feints. Et puis, et surtout, m'avoue-rait-elle ses forfaits si elle n'était complètement déboussolée par ce fade magistral ? Hmmm ? Réponds ? Ah ! tu vois ?

On frappe légèrement à la lourde. Le Chinetoque qui m'a accueilli naguère entre, porteur d'un immense plateau chargé de petits plats odorants.

— Vous aimez la cuisine chinoise ? me demande Li Pût.

— J'en raffole !

— Je pense que vous apprécierez celle-ci, Koû d'Ban Boû est un cuisinier habile.

Fectivement, il y a là, sur des plaques chauffées, des traverses de porc, des gambas à la sauce aigre-douce, du bœuf sauté aux poivrons verts, du poulet au citron, des pousses de bambou aux rognons et du riz cantonais cuit dans des feuilles de lotus.

Adossés au montant du lit, on se met à jouer des baguettes et à tricoter notre appétit. Mon cerveau se remet à marcher cahin-caha. Je pense à Marie-Marie qui morfond sur Louis IV et qui doit s'inquiéter. Et puis je me dis que je viens de limer comme jamais avec une meurtrière à ce point désarçonnante — et trébuchante — qu'elle avoue ses assassinats dans un élan amoureux. Pour lors, je ne sais plus si c'est du lard ou du porc sucré. On réagit comment, en pareil cas, lorsqu'on est flic intègre, réputé pour ses prouesses et son émériterie ?

— Vous vous appelez Antoine ? demande Li Pût entre deux baguettées.

— Oui. On pourrait trouver plus beau, non ?

— C'est un nom merveilleux.

Elle chipote du bout des bâtonnets, la chérie. On dirait un oiseau alimentant ses petits. Ses coups de baguettes sont magiques et ressemblent à des becquées.

— Antoine, fait-elle, désormais, nous ne nous quitterons plus.

— Vous savez bien que c'est impossible.

— Ne dites pas de sottises, mon amour ; *tout* est toujours possible.

Je remarque alors qu'en mangeant elle a lu un texte écrit en chinois sur un feuillet long et étroit. De prime abord, je l'ai pris pour une serviette de papier, croyant que les caractères peints étaient des motifs de décoration.

— Vous logez au *Puente Romano,* en compagnie

d'une jeune fille qui semblerait être votre fiancée, n'est-ce pas ?

— Les nouvelles vont vite !

— C'est plutôt mon service d'informations qui est diligent.

Elle chipote dans son bol. Elle est mieux que nue, puisque sa chemise de nuit est en lambeaux (j'ai le coït fougueux !). L'un de ses admirables seins jaillit fièrement d'une échancrure. On se regarde, lui et moi. Il me fait de l'œil.

— Ma mère, une femme de sagesse et de grande expérience, un peu médium sur les bords, m'avait prédit que je vous rencontrerais.

— Vraiment ?

Li Pût coule sa main à un point de mon individu où règne une température qui excède 37°. Sa caresse est légère mais précise. Malgré la séance épique qui vient de se dérouler, un flux nouveau entraîne mon sous-marin de poche hors des draps.

La stupéfiante créature gazouille :

— Oui, ma chère Tieng Bong, un soir que je lui avouais ne pas ressentir de réel plaisir dans l'étreinte, m'a déclaré : « Bientôt un homme viendra, qui ne sera pas de ta race. Il comblera tes sens et mettra ton corps en folie. Dès lors, tu ne devras plus te séparer de lui car vous connaîtrez des extases infinies. »

Elle repose son bol de riz sur le plateau et se penche sur ma zone d'influence.

— Vous êtes cet homme, mon aimé, et nous vivrons désormais dans la passion la plus débridée.

— Hélas, hélas, hélas ! gaullé-je, c'est un rêve, chère Li Pût. Comme vous venez de l'apprendre, je ne suis pas libre ; et puis, et surtout, il y a le fait que vous êtes une meurtrière et que je suis un flic. Vous tuez ceux qui vivent, moi j'arrête ceux qui tuent. Nos deux occupations nous rendent irraprochables.

— Le croyez-vous vraiment ? elle demande avant
de prendre ma friandise à tête gauloise dans sa
bouche vermeille.

Evidemment, notre situation présente permet mal
de développer cette argumentation. Ma compagne
me prodigue quelques caresses capables de filer le
tricotin à un escargot centenaire. Je n'ai pas le
courage d'achever mon poulet au citron, pourtant
succulent. Hop ! en piste pour le 2 !

Je la redémarre avec le *repas des lanciers,* suivi
immédiatement de l'*anneau de Saturne.*

Lili Pute se met à bramer comme la biche aux
abois, lorsque le cerf lui joue du corps, le soir, au
fond des bois. Ses cris ? Des roucoulades partant en
stridences mélodieuses. Une note haute, filée, inter-
minable. Et qui vous fait piquer des deux, bordel ! Je
peux te garantir qu'avec l'anneau de Saturne j'obtiens mon gros effet. Faut dire que j'ai amélioré la
figure, depuis deux ans. Avant d'utiliser mon pal
injecteur, je l'oins de jus de citron. Cette fois, j'ai
ajouté une goutte de piment-sauce. Et alors, là,
espère, c'est pas un tigre que je viens de carrer dans
son moteur, mais toute une colonie d'hyènes en
furie. Elle tente de m'échapper la bougresse ! Pas de
ça, Lisette ! Oh ! que non ! Je la maintiens à deux
pognes (de Roman, vu que je suis romancier). Faut
qu'elle se soumette sans se démettre ! Je la veux
passive, soumise, conquise, comme chantait
Mme Yvonne Printemps. Inutile de gesticuler du
fion, la belle ! Force reste à la loi ! Non mais qu'est-ce
que tu croyais, ma jolie Pékinoise ? Que l'Antonio
c'était de l'objet de bas art ? Du produit en vente
libre ? Un vibromasseur de sac à main ? Tiens, fume !
Et c'est le mot qui convient pile ! Et pile c'est aussi le
mot qui convient ! Les gigognes sont de retour !

Oh ! c'tembroquement ! J'y vais de bon cœur. Pas

de Cartier ! comme ils disent chez Van Cleef. Je la
marque au fer et au piment rouge, ma belle assassine.
Take, mignonne ! Et t'en va pas ! Je ponctue d'une
dérouillée sauvage. Voies de fait respiratoires et
urinaires. Prenant appui sur le genou gauche je lui
tavelle le prose du droit. Rrran ! rrran ! Et je lâche sa
croupe pour lui claquer la frite à deux mains. J'ai
jamais usé d'un tel procédé. Ou rarement. En tout
cas je m'en souviens plus. Plus très bien. Mais elle
déguste, Auguste ! Viens voir ! Rouée, la rouée
gonzesse. Vive ! Tchlaoc, paouf ! Les beignes crépi-
tent comme un incendie de forêt. Une grêle de
gnons, d'oignons, de nyons ! Et mon vieux camarade
Duzob est en folie. En feu ! C'est l'Apocalypse. Je
gueule aussi fort que la môme, brûlé au deuxième
degré ! Mais on n'a rien sans rien. Cette troussée, elle
l'oubliera plus jamais. C'est le Pearl Harbor de ses
meules ! Leur jubilée ! Leur fête du couronnement.
Elle bieurle en chinois, et même, par instants, en
mongolien, me semble-t-il. Vouhaa ! Hein, c'est bien
du mongolien « vouhaa » ? Non ? En mongolien faut
un double vé ? Ah ! bon, je croyais.

Je suis acharné comme un chien qui a décidé d'en
égorger un autre. Inépuisable ! Je pourrais lui filer (je
devrais dire enfiler, mais j'ose pas, à cause de
Maurice Rheims qui me lit, paraît-il, et puis aussi
M. Claude Mauriac) le train jusqu'à tu sais quand ?
Bouge pas, je regarde comment ça s'écrit dans les
pages roses... Jusqu'à *d vitam aeternam*. Voilà !

Faut des réserves, tu sais pour accomplir une
performance de ce niveau. La reine Elizabeth Two
me le disait le mois dernier : « Des comme vous, on
n'en trouve plus. Même le gazier qui s'était introduit
dans ma chambre, l'autre année, vous vient pas à la
cheville ! » Et c'est une femme qui n'a pas coutume
de berlurer son monde. T'as vu avec les Argentins ?

Elle leur avait dit : « Gaffez-vous, les mecs, sinon va
y avoir du tango dans les Malouines » ; ils n'ont pas
voulu l'écouter et le général-président a paumé ses
bananes à cause du régime qui a basculé. Non,
franchement, quand Mme Albion te cause, tu peux la
croire.

Mais je t'en reviens à ma prouesse.

Quelques gouttes de citron (vert de préférence)
une de piment-sauce. Ça s'appelle « le perroquet
farceur » (de farcir). Ma perruche, tu peux me
croire, elle a les plumes ébouriffées. Elle en vient à
me supplier d'arrêter le massacre, tu te rends
compte ? Une femme aussi endurante ! On rêve,
non ? Sa stoïcité asiatique, son orgueil chinois : au
tas !

— Je ne peux plus ! Oh ! non ! Non !

Ça ne fait que me stimuler, au contraire. Faut que
je parvienne à mes fins, à mes faims. C'est-à-dire que
je la démantèle pour de bon. Que je la rende inapte
pour des semaines et p't'être davantage.

Elle passe le cap de la souffrance pour enquiller
celui de Bonne-Espérance. Au-delà du tolérable, tu
retrouves la volupté. Mais alors, pardon : pas de la
volupté à trois balles pour midinette de sortie ! La
toute grande. Qu'en comparaison le plus somptueux
des fades enregistrés jusqu'à ce jour équivaut à
l'extraction d'une molaire sans anesthésique.

Il arrive à force de trop d'à force le blanc absolu.
Elle s'évanouit.

Terminus !

Qui dit mieux ?

Je lui rends la liberté.

Et c'est un vieillard de cent vingt ans qui gagne la
salle de bains en titubant et en traînant les pinceaux.

Alors là ! pardonnez-moi, docteur, mais l'instant
qui suit, c'est plus du Mozart. Je me trimbale une de

ces fausses oronges qui filerait des spasmes à un
mycologue. Je ne souris pas Gibbs, mécolle, au-
dessus du lavabo ! Ça relève de l'hosto une telle
avarie de machine ! Tu pourrais pas aller mè chercher
un seau de crème Chantilly que je m'en fasse un slip,
Philippe ? J'inventorie la pharmacie de mon hôtesse,
malgré ma discrétion pro et postverbiale. C'est plein
de petits pots de forme octogonale, avec des étiquet-
tes vives et des inscriptions chinoises. Ne sachant à
quoi j'ai affaire, je me rabats sur un banal flacon de
mercurochrome en attendant des jours meilleurs.

Je te raconte tout ça, tu vas dire que je manque de
pudeur et que ma vie pénisienne ne regarde que moi,
mais je suis le contraire d'un cachottier, tu ne
l'ignores pas. Je pense que, dans l'existence, quand
on a des rapports auteur-lecteurs, faut rien se cacher.
A quoi bon ? Tout finit par se savoir. Tu me verrais
me trémousser sur une chaise et marcher comme la
créature de Frankenstein, tu te poserais des questions, non ? Alors, autant t'annoncer la couleur.

Rouge !

Vif !

A la limite de l'incandescence.

Je regagne le plumard. Lili Pute est toujours
affalée en travers de sa couche, les bras pendant sur
la moquette.

Je lui bassine les tempes à l'aide d'une serviette
mouillée. Au bout d'un moment, elle réagit quelque
peu. Des plaintes douces lui roucoulent la gorge.

Chère âme torturée. Ses prunelles en forme de
guillemets se posent sur moi.

— Vous ne m'en voulez pas trop ? je murmure,
pas feignant, mais feignant d'être penaud.

Tu sais ce qu'elle me répond ? Et tout en français !

— Je t'aime !

Ce qui, en anglais, signifie *I love you,* je ne te le

cache pas. Je ne te le cache-pot. Parce qu'à propos de pot, hein, tu m'as compris tu m'as ?

— Inoubliable, soupire Li Pût.

Tu penses : elle peut plus s'asseoir ; ou alors s'asseoir à plat ventre, c.d.B.

Je l'aide à se mettre droite. Elle pantelle dans mes bras, poupée de sire, poupée de cons ! La guide à la salle de bains, pour réparer des glands l'irréparable outrage.

Lorsqu'elle s'y trouve enfermée, je me saboule d'urgence et : bye-bye la compagnie ! Je quitte la chambre.

Du moins en ai-je l'intention. Car, à peine la porte entrouverte, je me trouve face à Koû d'Ban Boû, le zélé homme à tout faire de ma partenaire.

Il est assis dans un rocking-chair, pile devant la lourde. Un long fume-cigarette pour vamp du cinoche muet entre les dents.

En m'apercevant, il cesse son léger balancement, le fume-cigarette se déplace entre ses lèvres de façon à venir au beau milieu de sa bouche. Ses joues se gonflent. Il a l'air de combiner un coup fourré. Le temps que je réalise, il est trop tard. Il fait « floum ! » un grand coup pour expulser l'air de ses poumons. J'ai l'impression désagréable qu'une guêpe vient de me piquer au cou. Je porte la main au point de douleur. Je regarde mes doigts qu'une légère traînée de sang rougit. Et puis je me sens devenir lointain. Je recule, recule à toute vibure au fond de moi, de mon corps, de ma conscience. Ma perception devient irréelle.

Sans se presser, le Jaune retire son fume-cigarette-sarbacane de sa bouche et le replie car il est télescopique. Il le glisse dans sa poche ; puis il se lève et me prend par le bras. Je crois sentir une force surprenante chez lui, à moins qu'il ne s'agisse d'une illuse causée par mon envapement ?

Avec fermeté, il me guide jusqu'au fauteuil à bascule. J'y prends place. Je n'éprouve plus rien « en direct ». Mon corps, mes pensées, la vie d'alentour ne me concernent plus. Il est détaché du monde, l'Antonio chéri. Il voit, il comprend, mais mornement, sans se sentir impliqué le moins du monde.

Koû d'Ban Boû écarte le rocking-chair en le traînant pour libérer le passage.

— Vous verrez, ce n'est pas désagréable, me déclare-t-il.

Il passe dans la chambre et se met à tailler la bavette en chinois avec Li Pût, haussant le ton pour se faire entendre à travers la porte de la salle d'eau. Quand il a achevé de jacter, il quitte la maison. Je reste seulabre dans le salon blanc. Je me dis très vaguement que je devrais tenter de m'arracher au fauteuil, mais je sais parfaitement que la chose m'est impossible. Je ne suis plus rien qu'une énorme limace à demi anesthésiée.

Une demi-heure plus tard, Li Pût apparaît, toute pimpante dans un pantalon jaune et un chemisier blanc. Elle ne semble pas ressentir les séquelles de notre tumultueuse partie de travou-davu-cavu. Probable que sa collection d'onguents comporte le remède guérissant les fâcheuses inflammations consécutives aux transports pimentés.

Elle met ses mains sur les accoudoirs du fauteuil. Je pars en avant et sa bouche écrase la mienne.

— Je te jure que ce sera dorénavant le bonheur, toi et moi, mon amour, me fait-elle gravement. Nous vivrons des frénésies qu'aucun autre couple ne connaîtra jamais. Pendant quelque temps, il va falloir te conditionner pour te permettre de rompre avec tes

attaches anciennes ; mais ensuite, tu sauras ce qu'est
l'apothéose. Laisse-toi aller, chéri. Koû d'Ban Boû
s'occupe de ta fiancée. Il va la faire rentrer à Paris
après l'avoir rassurée sur ton sort. Fais-lui confiance,
c'est un magicien. Moi, je dois m'occuper d'un
contrat en cours, ensuite nous partirons, et là où je
t'emmènerai, tu connaîtras le bonheur absolu.

Sa langue s'installe entre mes claviers. Hélas, j'ai
perdu mon sensoriel et cette savante titillation lin-
guale me laisse indifférent. Je tente de récapituler ce
qu'elle vient de m'annoncer, d'en tirer des conclu-
sions, mais décidément, ma pensée fait du transat au
soleil andalou et rien de constructif, voire seulement
de cohérent ne se produit sous ma coiffe. Je subis
dans une passivité absolue, sans regimber ni même
analyser. Bon, c'est comme ça, et que veux-tu y
faire ?

— Je sais que vous n'êtes pas en état de réfléchir,
mon chéri, reprend Li Pût après avoir récupéré sa
langue pour pouvoir m'entretenir, mais je tiens déjà
à vous dire que vous et moi, c'est pour toujours, *de
toute façon,* car maintenant que vous savez tant de
choses à mon propos, il est impossible que vous
retourniez à une vie normale. Mes maîtres ne le
permettraient pas. J'appartiens au *tong* le plus puissant et le plus terrible du monde. Il ne vous tolérera
en vie que si vous restez inoffensif. Vous devez être
ma chose, mon caprice, et seulement cela. Du moins
jusqu'à ce que je sois parvenue à vous « retourner »
totalement, car c'est d'ores et déjà ce à quoi j'aspire.
Il faut que vous deveniez des nôtres, pleinement,
après avoir donné les preuves d'allégeance qui vous
seront demandées le moment venu.

Elle me bisouille à nouveau.

— Quelle merveille ! dit-elle. Je ne m'attendais
pas à faire une pareille découverte en venant ici !

Elle continue son gazouillis charmant. Moi, je reste écroulaga dans mon rocking-chair. Gâtouillard à bloc, l'Antonio. Pas plus nerveux qu'un yaourt taille fine.

Elle me raconte comme quoi elle doit « traiter » un personnage d'une extrême importance aujourd'hui. Affaire délicate car il s'agit d'un Arabe, et ces gens-là sont beaucoup plus difficiles à manœuvrer que les bourgeois occidentaux. Y a les coutumes, les traditions, certains tabous chiants dont elle devra s'accommoder, mais bast, elle en a vu d'autres !

Je continue de chiquer les plantes vertes, dans mon fauteuil. Je ne m'ennuie pas. Le temps est aboli, ce qui n'est pas un mal.

A un certain moment, le type blond, genre fiote de luxe, qui accompagnait Li Pût cette nuit au cabaret, vient lui rendre visite. Il est en tenue de tennisman. En m'apercevant, il sursaute, mais ma maîtresse lui raconte que je suis en demi-léthargie. Il demande pourquoi. Elle coupe court en répondant que ce sont « les ordres ». Alors il n'insiste pas. Tous deux montent au premier étage et du temps passe.

Puis il repart.

Koû d'Ban Boû radine.

Ça se met à pérorer chinois. Bien que j'ignore tous les dialectes du Céleste Empire, je devine qu'il est question et de moi et que Koû d'Ban Boû réprouve mon maintien en vie ; en tout cas qu'il est le porte-parole de quelqu'un qui s'y oppose. Alors Li Pût se mue en furie. Elle hurle, glapit, trépigne. Son compagnon conserve une impassibilité impressionnante.

La scène est interrompue par un coup de sonnette. Les deux antagonistes la ferment aussitôt. Koû d'Ban Boû va ouvrir. Il y a là deux hommes très grands, très

bruns, aux airs pas gentils. Ils sont en costume de
ville léger dans les teintes claires, chemise à col
ouvert, souliers en serpent. L'un d'eux porte un
talkie-walkie sur l'épaule.

Ils entrent avec des frites farouches de terroristes
coltinant dix kilos d'explosif avec un détonateur réglé
pour dans trois minutes. Les deux Chinois les saluent
avec obséquiosité, mais ça laisse les arrivants indiffé-
rents.

L'homme au talkie me désigne et demande qui je
suis en anglais. Li Pût répond que je suis hémiplégi-
que. L'homme me dit de me soulever. Ne le puis.
Koû d'Ban Boû ajoute que je n'ai plus tous mes
esprits. L'autre Arabe se met à visiter la maison.
Comme elle n'est pas grande c'est vite fait.

Le gars au talkie-walkie dégage alors son antenne
et branche l'appareil. Il cause dans la langue du
prophète. Une voix lui répond. Contact terminé, le
mec replie l'antenne. Les deux gus attendent.

Un peu plus tard, je perçois un ronflement de
moteur. Les Arbis se précipitent. Bien que la rue soit
interdite à la circulation des véhicules à essence, une
Rolls Camargue blanche, avec des enjoliveurs et une
calandre en or, stoppe devant la porte d'entrée. Les
deux gus vont délourder la portière arrière et un type
sort de son carrosse. Il porte une gandoura blanche et
des mules brodées d'or, ce qui fait qu'il a la tenue de
sa Rolls. C'est un mec d'un demi-siècle, genre chauve
grisonnant, avec une belle brioche sculptée au cous-
cous, l'Arbi. Cela dit, une certaine majesté se dégage
du bonhomme.

Le v'là qu'entre. Mes deux Chinois s'inclinent.

— Nos respects éperdus, prince, nasille Koû
d'Ban Boû. C'est un indicible honneur que Votre
Miroitante Altesse nous fait en condescendant à

entrer, auréolée de sa gloire infinie, dans cet indigne
logis.

— Repos ! lance le prince.

Et il tend la main à Li Pût qui y dépose la sienne.
Son Altesse Rarissime adresse un sourire con-cul-
pissant à la môme. Y a déjà du remue-ménage sous
sa gandoura. Tu te crois dans la *Marquise des Anges,*
quand les méchants sultans membrés féroce veulent
baratter la chaglatte à la mère Mercier en douce de
Robert qu'est en train de se filer du mercurochrome
sur la balafre.

Mon pote Koû d'Ban Boû se grouille d'ouvrir la
porte de la chambre et de convier Son Altesse
Godantissime à découvrir le champ de manœuvres.
« J'ai plus d'une corde à monarque », comme disait
le bourreau qui pend ce roi à la con dont le nom
m'échappe. C'est ce que me signifie l'ensorceleuse Li
Pût avant de suivre son pépère en chemise de nuit.
L'œillée friponne qu'elle me dépêche est éloquente
pis que du braille pour un sourd-muet.

Elle s'enferme dans la chambre des voluptés. Les
deux gardes font le pied de grue et même de
coquecigrue pendant que leur maître prend le sien.
Koû d'Ban Boû leur propose du café, mais ils
refusent.

Du temps s'écoule encore.

C'est imprécis pour moi, je te répète. Des images,
des sons me traversent rétines et tympans, par
saccades. Je continue de ne pouvoir lier la sauce.

Et puis soudain un grand cri. Un trille.

Li Pût, entièrement nue, surgit la mine hagarde.

— Il est mort ! crie-t-elle en anglais. Il ne bouge
plus !

Les deux gardes foncent dans la turne.

Ils sont vraiment devenus les gardes du *corps* du
prince.

Y a de l'effervescence (de térébenthine) dans la délicieuse maisonnette.

Une qu'est admirable dans le rôle de la Dame aux Camélias qui verrait canner le père Duval d'une crise d'apoplexie, c'est Li Pût! Elle pleure de vraies larmes. Elle pousse des cris de terreur. Elle dit qu'il faut absolument appeler la police, un médecin, les pompes funèbres, le muezzin d'à côté, le gouverneur de Malaga et d'autres gens encore. Son factotum la calme en lui tapotant le dos. Il la conjure de se ressaisir, d'être courageuse... Il tient conseil avec les sbires du défunt. Est-ce une bonne chose que d'alerter les autorités? Ce décès entre les bras d'une Chinoise ne risque-t-il point de mal la foutre dans le royaume du prince? On a vu des révolutions éclater pour moins que ça. Annoncer au monde qu'il a défunté comme un cardinal dans la couche d'une dame de minuscule vertu, c'est pas bon pour la postérité. Il a pas de conseils à leur donner, Koû d'Ban Boû, mais ça serait son prince à lui comment qu'il le rabattrait au palais en quatrième vitesse et déclarerait bien haut que Sa Majesté a eu un malaise en descendant de Rolls Royce. S'ils attendent trop, elle va raidir, l'altesse, et après, pour ce qui est de la trimbaler, ils pourront toujours galoper, ces petits canaillous. Qu'alors bon, ils admettent. Le futé au talkie-walkie consulte le petit vizir (le grand est à la pêche). Le petit vizir, il règle sa montre sur celle de Koû d'Ban Boû. Oui, oui, ramenez le prince rapidos et tâchez que personne le voie clamsé.

Elle est bonnarde, la combine de Lili Pute. Ses clients clabotent de mort naturelle, ensuite la famille et les familiers écrasent le coup parce que les circonstances ne sont pas reluisantes.

La rouée continue son cinoche. Elle chique à la terreur noire. Elle veut prévenir la terre entière!

Qu'en fin de compte, le petit vizir, de nouveau
alerté, s'engage à lui faire porter d'urgence une
ceinture en or massif rehaussée d'émeraudes grosses
comme des œufs de pigeonne. Celle-là même que
portait la princesse Rézéda au mariage du Grand
Glandu avec Lady Di.

Li Pût fait dire qu'elle est traumatisée abominable-
ment par ce décès survenu au débotté. La ceinture
dorée ne vaut pas une bonne renommée. Si la chose
transpire, sa carrière est foutue. Elle exige dix
millions de pesetas pour aller se refaire un moral
ailleurs. Le petit vizir prend sur lui. Banco !

Ensuite, les deux gardes du corps emmènent celui-
ci (de corps). Quand ce petit monde est parti, Lili
demande à son péone de lui servir un Drambuie
double sur de la glace pilée ; ajoutant qu'elle l'a bien
mérité.

Puis elle m'embrasse longuement, passionnément.

— Tu seras ma seule faiblesse, me dit-elle.

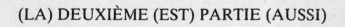

(LA) DEUXIÈME (EST) PARTIE (AUSSI)

SA PISTE

Ils débarquèrent à l'aéroport international de Kuala Lumpur au petit matin. En sortant de l'avion, ils furent suffoqués par la chaleur écrasant la piste de ciment. Elle était si intense qu'elle en paraissait « palpable ». Ils s'arrêtèrent sous l'aile géante de l'avion et eurent tous trois une profonde aspiration.

— Je n'aurais pas dû mettre mon Rasurel, murmura César Pinaud.

— J'ai soif ! répondit Alexandre-Benoît Bérurier.

Marie-Marie ne proféra pas un son, mais elle entrouvrit la bouche, espérant capter davantage d'oxygène. Vaine tentative : l'air déjà brûlant restait irrespirable.

« Qu'est-ce que ce sera dans l'après-midi ! » songea-t-elle.

Ils suivirent le flot des voyageurs jusqu'au bus bas sur pattes assurant la liaison avec le bâtiment d'arrivée. Il y flottait une curieuse odeur d'épices et de sueur.

— Ça fouette ! remarqua Béru, sans réaliser qu'il apportait une puissante contribution aux remugles du véhicule.

Quelques minutes plus tard, ils produisaient leurs passeports à des policiers malais. Ensuite, ils passè-

rent la douane. Un fonctionnaire décharné ordonna
au Gros d'ouvrir sa valtoche, ce que Béru fit en
grommelant qu'il était malheureux de se faire casser
les couilles par un enculé de « niacouet ». Fort
heureusement, le préposé ne parlait que le malais,
l'anglais et un peu de tamil. Il considéra avec
écœurement : les deux chemises tachées, la paire de
chaussettes trouées et dépareillées, le jean portant
aux fesses une trace indélébile de fer à repasser
(Berthe s'était fait mettre par le facteur des recom-
mandés tandis qu'elle repassait le futal), le tee-shirt
vert sur lequel était écrit « I (cœur) beaujolpif », la
paire d'espadrilles décordées et la serviette de toilette d'un blanc gris et jaune servant à envelopper un
rasoir mécanique, un blaireau ne comportant plus
que seize poils et un moignon de savon à barbe. Par
souci de faire chier expressément ce voyageur obèse
et sanguin, visiblement trop nourri, il avait vidé sur le
sol la bouteille d'Arquebuse de Notre-Dame-de-
l'Ermitage (50°), distillée par les soins éclairés de la
Société Guyot, quai Perrache à Lyon.

— Sale con ! C'est ma pharmacie ! avait meuglé le
Mammouth.

Le douanier n'en avait eu cure. Sur les instances de
sa nièce et de son vieux compagnon d'équipée,
Bérurier avait rongé son frein à main.

Ayant remis ses effets en place, il avait seulement
demandé au douanier malais, d'un ton qui en disait
long comme une quéquette de cheval sur ses senti-
ments à son endroit :

— Ça boume, oui ? Tout est en bonnet difforme ?

Après quoi, le trio s'était mis à la recherche d'un
hôtel.

Ils descendirent à l'hôtel *Shavâtihoushavatipah,*
sur l'avenue du 32 Septembre, l'une des principales

artères fémorales de Kuala Lumpur. Ils y prirent
deux chambres. L'une double, pour Béru et Pinuche,
l'autre simple pour Marie-Marie. Et bien que cette
seconde pièce fût la plus exiguë des deux, c'est là
qu'ils tinrent conseil avant de se lancer dans l'une des
aventures les plus extravagantes et les plus témérai-
res du xxıᵉ siècle.

Marie-Marie se tint assise à la petite table de faux
acajou, dans l'attitude qui lui était habituelle pour
faire la classe à une trentaine de petits connards qui
ne se rappelaient de Louis XIV que sa perruque et de
Napoléon Iᵉʳ que son prénom qui était Bonaparte.
Béru prit l'unique fauteuil de la chambre, quant à
Pinaud, il déposa son cul monacal sur le porte-valise
à claire-voie car il s'était toujours montré clair-
voyant.

— Mes chéris, attaqua Marie-Marie, nous voici
donc à pied d'œuvre. Je vous rappelle que d'après les
renseignements que vous avez pu réunir, nous savons
que les deux Chinois et Tonio ont quitté Malaga pour
Londres. De là, ils ont pris un vol pour Hong Kong.
Ils ont séjourné quatre jours à Hong Kong avant de
s'envoler pour Kuala Lumpur. Il semble qu'ils n'en
ont plus bougé. Là s'arrête leur piste. Cela dit, il
n'est pas impossible qu'ils aient emprunté un autre
mode de locomotion pour quitter la Malaisie : le
train ou la voiture pour se rendre en Thaïlande par
exemple ; le bateau pour aller ailleurs. C'est ce qu'il
va nous falloir déterminer.

« Je suis convaincue qu'Antoine est toujours
vivant. S'ils avaient voulu le tuer, ils ne lui auraient
pas fait parcourir toutes ces distances. Trois mystères
restent posés. Le premier : pourquoi ces Chinois
l'emmènent-ils dans tous leurs déplacements ?
Secundo : comment se fait-il qu'il accepte de les
suivre ? Car, selon les témoignages recueillis, il

voyage avec eux « normalement » et sous son nom,
avec ses propres papiers. Troisio : s'il jouit d'une
certaine liberté, comment se fait-il qu'il n'ait donné
signe de vie à personne ? Ni à maman Félicie, ni à
moi ! »

Elle eut des larmes plein les yeux et sa voix
s'étrangla. Ses deux compagnons respectèrent d'autant plus son émotion qu'ils la partageaient. Un ange
passa à tire-d'aile, buta contre la suspension de verre
et disparut.

— Si l'écrit pas, c'est qu'y peut pas ! trancha le
Mastar.

— Comment ne le pourrait-il pas, lui si astucieux,
si téméraire ? Ne me dites pas qu'il lui est impossible
d'écrire furtivement un mot et de le jeter dans une
boîte aux lettres au cours de ces voyages dont je
parlais à l'instant !

Le révérend Pinaud se racla la gorge, comme
chaque fois qu'il s'apprêtait à exprimer du définitif.

Il portait un très beau costume de coutil dans les
tons caca-d'oie et, chose rarissime, une chemise
Lacoste blanche. Il avait changé son vieux feutre gris
contre un chapeau américain, en paille noire, orné
d'un ruban représentant des carreaux blancs et
mauves, d'un irrésistible effet.

— Si vous voulez mon avis, Antoine est sur une
affaire fumante. Il a feint de pactiser avec ces Chinois
et se garde de toute fausse manœuvre susceptible de
compromettre ses plans.

— Peut-être, admit Marie-Marie ; mais peut-être
pas !

Elle éclata en sanglots.

Ce n'était pas la première fois, hélas, qu'elle
pleurait depuis le début de cette sinistre affaire. Le
chagrin avait commencé à Marbella, dans leur studio
du *Puente Romano*. Vers le milieu de l'après-midi,

alors qu'elle se rongeait le sang au sujet de son bien-aimé dont elle était, depuis des heures, sans nouvelles, un Chinois était venu la trouver. En anglais, il lui avait infligé la plus terrible déception de sa vie. Son compagnon la priait de rentrer en France et de considérer que tout était rompu entre eux. Il avait eu la révélation de l'amour véritable et entendait se consacrer totalement à celle qui venait de le conquérir. Preuves à l'appui : des photos prises au polaroïd. Ces affreux clichés montraient San-Antonio en « pleine action » avec une Jaune sublime. L'ardeur et la démesure de leur étreinte se lisaient clairement sur les images. Il y avait, entre autres, un assez gros plan du visage de « son » Antoine qui témoignait de l'intensité de la jouissance qu'il connaissait avec cette Asiatique. Malgré tout, Marie-Marie s'était rebiffée. Déclarant à Koû d'Ban Boû qu'elle ne quitterait pas l'hôtel tant que son compagnon ne le lui aurait pas ordonné lui-même. L'homme, alors, avait changé de ton. Il s'était montré si glacial, si inexorable, si menaçant, lui démontrant qu'en ne cédant pas elle provoquerait ce qu'il appelait « des catastrophes en chaîne », qu'elle avait cédé. Son instinct, tout autant que l'inquiétant personnage, lui avait soufflé d'obéir, pour sa sécurité et celle de son volage fiancé.

Béru quitta son siège et s'approcha de sa nièce. Il pressa la tête de Marie-Marie contre sa grosse brioche éternellement en butte à des gargouillements. On avait le plus souvent l'impression d'un pet remontant du fond d'une baigoire, et d'autres fois ça produisait un bruit de vélomoteur dans une église, tout ça...

— Ecoute, moufflette, fit-il d'une voix peu sûre ; t'es d'ac qu'j'sus positivement et pratiquement comme qui dirait pour ainsi dire ton père, à peu

d'choses près ? J't'ai él'vée d'mon mieux, moi et ta
tante Berthe. T'as eu tout c'qu'y t'a fallu pour
manquer d'rien, exaguete ? On t'a foutu un'éducation qu'à côté d'laquelle celle des chiares d'la cour
d'Angleterre ressemb' à celle qu'r'çoit les mômes de
Sarcelles. J'exagère-t-il ? Non ? Bon. Tu circonviens
qu'on t'a poussée au fion dans les études, ma gosse ?
A preuv' : t' v'là professeuse, licencieuse, obtenteuse
du certificat de cap et d'épaisse, déteneuse d'une
maîtrite, en cours de représenter une désagrégation
d'Histoire su'j'sais plus quel from'ton à la con
qu'personne n'en déhors d'toi sait qui est-ce.

Il reprit souffle au bout de sa longue phrase dont la
technicité lui asséchait les papilles. Mais elle ne
constituait qu'un préambule chargé de baliser le
parcours.

— R'présentant pour nous tout ce dont je dis, ma
gosseline, j'irais pas t'chambrer si j'penserais pas
profondely c'que je cause. Au risque d'te faire du
mal, je t'balancerais toute la vérité, biscotte on peut
pas aller d'l'avant sans elle. Vois-tu, Marie-Marie,
j'connais Sana, non pas comme ma poche, vu qu'elle
est toujours trouée, j' sais pas comment j'me
débrouille, et le vrai fond de mes fouilles c'est
l'trottoir ; mais j'connais Sana aussi bien qu'l'Bon
Dieu nous connaît nous autres, malgré qu'tu croyes
guère en lui av'c l'esprit d'aujourd'hui. Sana, j'vais
pas t'faire d'cadeau : c'est l'plus grand queutard que
j'eusse jamais connu en déhors d'moi. S'il te marie
un jour, d'mande-lu pas d'te jurer fidélité, y l'en s'ra
jamais capab'. Lu, un coup d'bite, y peut pas passer à
côté. C'est maladive chez nous ; et même la vieille
Pinasse, ici présent, est commak. Je mens-je, César ?

— Je ne suis plus ce que j'ai été, tente de
minimiser le Débris.

Ce qui arrache un barrissement au Gros.

— Ecoutez-moi c't'apôtre ! Quand t'est-ce qu'il voit un cul, il enlève plus vite son falzar qu'son bitos ! Boug'd'hypocrate, va. Vise-me-le : on dirait l'Petit Jésus qui s'rait d'venu gâteux ! Bon, mais c'est pour t'en r'venir, ma crotte, que nous aut' julots, faut pas confond' zob et palpitant. Verger une pécore au passage, c'est kif écluser un gorgeon d'muscadet ; aimer sa femme, alors là, pardon ! La différence des deux, c'est la cathédrale de Chartres par rapport à une pissotière. Pour conclusionner, c'est pas parce qu'il aura grimpé une Chinetoque viceloque que l'Antonio t'larguerait comme une malprop'. Y a eu un sac de nœuds dans cette affaire et il faut qu'on va savoir lequel ! S'il reste en Malaisie Bismurée, on va l'retrouver, c't'emplâtre. Et quand on y aura mis la main d'sus, on saura l'pourquoi qu'y suit ces gens comme un mouton sans essayer d'nous passer d'ses nouvelles.

Bien qu'il fût prononcé dans un langage quelque peu rugueux et qui se distanciait de la syntaxe, le discours de son tonton rasséréna Marie-Marie.

— Oui ! s'enflamma-t-elle, il est prisonnier, je le sens. Nous allons le délivrer. Vous qui êtes d'excellents professionnels, vous allez retrouver la piste de cette diablesse, n'est-ce pas ?

— C'est comme si ça s'rait fait ! promit Bérurier, flatté.

— On démarre immédiatement, renchérit Pinaud.

Pour prouver que les choses sérieuses allaient commencer, il sortit une Gauloise neuve d'un paquet fripé et l'alluma, se payant même le luxe inouï d'en tirer deux bouffées avant de l'éteindre.

Marie-Marie prit sa tête à deux mains.

— Est-il encore vivant ? balbutia-t-elle.

— Juré ! crièrent en chœur ses deux compagnons.

— Ce pays brûlant me fait peur, ajouta la jeune fille. S'il vit encore, il gît peut-être dans une fosse pleine de cancrelats.

SA VOLONTÉ

La maison est sublime. En bois de teck avec d'immenses baies vitrées. Elle est de plain-pied, entourée d'une véranda dont les colonnes et les balustres sont assaillis par des plantes grimpantes.

Mis à part le terre-plein servant de parking et au fond duquel des garages troglodytes sont taillés dans l'immense roche épaulant la demeure, la nature tropicale vient lécher la maison comme un océan végétal.

J'arrête pas de béer devant cette flore exubérante. Je suis un homme de nature, ma pomme. Une pièce d'eau, un buisson, voire une simple pelouse me fascinent. Je sais depuis toujours que là est la vérité, là l'éternité : dans ce mouvement insensible des plantes et des insectes.

Tout autour c'est la forêt impétueuse, aux essences odoriférantes. Une voie large, mais qu'il faut sans cesse entretenir pour ne pas se laisser bouffer par la végétation, conduit à la route de Kuala Lumpur. Au bout d'un moment de bagnole, on retrouve la plaine marécageuse aux senteurs lourdes, un peu véné-neuses.

Je suis vautré dans un hamac, à l'ombre d'un obervillier pleureur. La lumière, sous cet arbre, est

d'un vert d'aquarium. Je me sens léger, aérien,
protégé de tout. Le menton sur mon avant-bras, je
contemple l'admirable maison. Son toit de tuiles
vertes se confond avec la sylve environnante. Une
musique asiatique s'en échappe, ses notes sèches et
longuement vibrantes vous pincent l'âme. Une paix
miraculeuse s'étend sur ce coin du monde. Quel rare
bonheur que de pouvoir vivre là ! Je baigne dans une
immense félicité.

Je vois sortir ma chère Li Pût sur la véranda. Elle
porte une sorte de kimono noir et blanc. Elle me
cherche des yeux et m'aperçoit dans le hamac, à dix
mètres d'elle. Aérienne, elle saute les trois marches
et accourt en foulant le rude gazon japonais. Nous
avons fait l'amour une bonne partie de la nuit, et ç'a
été su-bli-me. Dès que nos corps sont en présence, un
courant électrique nous parcourt, nous unit. Irrésisti-
blement, nous nous jetons l'un sur l'autre pour des
étreintes éperdues, éternellement renouvelées.

Elle est là. Je perçois ses ondes, sa chaleur, son
parfum. Son regard étonnant se pose sur moi et j'y lis
l'amour, bien qu'il reste infiniment mystérieux. Puis,
elle chuchote :

— Ne bouge pas ; laisse-moi faire !

Reporte-toi quelques lignes plus avant, tu reliras
que je suis à plat ventre dans le hamac. Li Pût
s'assied en tailleur sous le filet tendu par mon volume
et coule ses doigts fuselés, diaboliquement experts,
entre les mailles au niveau de mon bas-ventre, votre
majesté. Je porte un short rose-pédale et un polo
bleu-fiote. Habilement, la vibrante fait coulisser la
fermeture Eclair (cher Eclair, que de reconnaissance
nous te devons pour cette fabuleuse invention qui
t'honore comme la *Comédie humaine* a honoré de
Balzac). Ce simple mouvement, et on se paie un
garde-à-vous, fixe, dans l'entrepont.

L'exquise, toujours inventive à l'extrême, s'obstine à dégager le *señor* Bandalez de sa fragile demeure. Tout effort portant ses fruits (fût-ce une banane), le corps à délits (issu de la Terre du même nom) vient saluer. Li voudrait le faire passer entre les mailles du filet. Mais *Achtung !* celles-ci ne mesurent que 4 centimètres de diamètre. Qu'à cela ne tienne : Li Pût se dresse et coupe un fil avec ses incisives étincelantes. Pour lors, le passage est doublé et mon protubéreur à haute fréquence peut s'engager par la brèche. Le spectacle doit être sympa, vu en plan général.

Li Pût retrouve sa posture dite « en tailleur ». Elle tend son cou en tige d'arum et me chope, avec la bouche, le petit soldat suisse par le casque. Et alors, tu sais quoi ? Elle se met à me balancer, doucement en branlant le chef ! On te l'a déjà fait, ça, Nicolas ? Non, hein ? Moi, j'en n'avais jamais entendu causer. Faut dire que le hamac n'est pas très répandu dans nos régions (appelées tempérées parce que les intempéries y sont fréquentes). « Poussez, poussez, l'escarpolette ! ». Le bon Messager était de bon conseil. La sensation est intense, suave.

Depuis des semaines, on ne fait que ça, Lili Pute et moi. On rivalise de trouvailles. C'est à qui surprendra l'autre par ses inventeries coquines. On se libère à tout bout de champ. Le personnel a pris l'habitude. Il se compose d'un couple de Malais à frimes mongoloïdes. Râ Cho et Mus Klé feignent de ne pas voir, ou de trouver nos ébats normaux ; mais ça doit drôlement leur porter aux sens.

Dis, ils sont pas de bois ! Je te cite un second exemple : hier, au dîner, Li s'est penchée en avant pour saisir le plat de mangues rafraîchies. Ça m'a fulguré dans le grimpant. Faut dire qu'elle portait une jupette du genre tenniswoman, avec rien dessous. Ne faisant ni une ni deux, je me suis jeté sur elle pour l'embroquer à la clébard. Ce fut du grand art ! Elle se tenait accoudée à la table servie. La vaisselle tremblait. Râ Cho, la servante, se trouvait là, elle faisait flamber des bananes. Les flammes mettaient sur notre fornication des lueurs d'enfer. Li Pût couinait de plaisir. Je voyais la main de Râ Cho qui tremblait pendant qu'elle versait des rasades de curaçao sur le mini-brasier. Tout en bavouillant, je me disais que j'ai décidément perdu toute pudeur. Mais cet affranchissement me ravit. Y a rien de plus super que de s'assouvir librement, à l'instant où le désir vous prend.

Et là, dans mon hamac, je passe des minutes ineffables. Paul et Virginie ! C'est le rêve de tout couple, non ? La liberté dans la nature ! L'euphorie des sens.

Ces Chinois sont des mecs à part, bien plus évolués que toutes les autres peuplades de notre foutue planète ! Des Martiens, dans leur genre. Ils possèdent des connaissances bien en avance sur ce que les Occidentaux, ces sales cons, nomment « le progrès » avec emphase. Toujours à se gargariser avec leur soi-disant intelligence, alors qu'ils sont tous des sacs de merde, comme dit mon copain Sciclou. Par exemple, Li Pût me fait gober des dragées qui ont le goût de gingembre et qui te régénèrent les burnes au fur et à mesure qu'on te les vide. Moi, je trouve que c'est une invention bien plus utile que celle de la bombe H et même que l'Airbus. Tu peux prendre l'Airbus à tire-larigot, c'est pas ça qui te remplira les bourses ; et si tu prends une bombe « H », alors là, t'as plus de couilles du tout ! Grâce à ses pilules miracle, Li-Pût, il a toujours l'éclat du neuf, mon dodelineur d'investigations. Je mets sabre au clair dix fois par jour.

Quand je me rase, mais c'est pas tous les jours, je me trouve amaigri, avec des yeux immenses comme continuellement étonnés ; mais ça vient aussi du climat. La chaleur, ça te mène, comme on dit chez nous dans notre campagne natale. Sinon, c'est la fiesta perpétuelle du radada.

Pile au moment où elle vient de me décoder Prosper, une énorme voiture américaine verte, chromée de partout et décapotable, surgit de la forêt.

Elle se range sur le parking et trois hommes en descendent, parmi lesquels je reconnais Koû d'Ban Boû. Tous trois sont habillés de blanc et appartiennent à la race jaune. A les voir, commako, ils font « secte ».

Li Pût se lève et va à eux.

Par discrétion, je reste dans mon filet, très occupé du reste à remettre un peu d'ordre dans ma mise.

Le groupe discute un bon moment sur la pelouse. Koû d'Ban Boû, lui, ne moufte pas, ce sont les deux autres qui en cassent. Ils jactent vite vite. Quand ils s'interrompent, Li Pût prend le relais et se met à en balancer un max. Ça pourrait durer ainsi jusqu'à la Saint-Trou-de-Balle, à l'occasion de laquelle je ne manquerai pas de t'envoyer des fleurs.

Néanmoins, ils finissent par sortir les aérofreins et, d'un commun accord, viennent vers moi. Les deux compagnons de Koû d'Ban Boû sont des personnages fort différents l'un de l'autre. Le plus âgé est tout déshydraté, tout parcheminé, avec des cheveux blancs et une barbe en pointe encore plus immaculée que ses tifs. L'autre est un véritable homme-crapaud : la hideur en personne. Courtaud, trapu, épais, chauve, plissé, avec le regard presque clos mais cependant très proéminent. Ses membres sont arqués, son cou est aussi large que sa tête et quand il respire ça remue en lui depuis le haut de ses cuisses jusqu'à son front.

Le groupe stoppe au ras du hamac. Le crapaud porte la main à sa ceinture et en tire un couteau. D'un coup de pouce sur un bitougnot, il en fait gicler la lame.

Non mais, il va me planter, ce nœud !

Son ya s'avance au-dessus de ma tête. Crac ! Il a sectionné la corde du hamac et je chois dans l'herbe, la tête la première, ce qui m'étourdit passablement.

Le crapaud-buffle est penché sur mézigue. Posément, il renquille sa saccagne.

— C'est une blague ou une provocation ? je demande depuis le sol.

Personne ne moufte.

Toujours couché, les jambes encore levées parce que l'autre côté du hamac est restée accrochée, je m'adresse alors à Li Pût.

— Tu peux m'expliquer, *darling* ?

Elle hausse les épaules.

— Il y a un léger problème, répond ma tendre aimée.

— Risquer de me briser les cervicales est une manière de le résoudre ?

— Pour ces messieurs, oui, probablement.

Je tente d'allumer la mèche de ma comprenette. Mais je clapote un peu du bulbe depuis le début de ma période sabbatique.

— Je les gêne ? finis-je par demander.

— Tu les inquiètes.

— En quoi ?

— Parce que tu es un flic.

— Tu sais bien que je ne suis plus rien du tout ! Si. Ton amant. Et cela me suffit car cela constitue toute ma raison d'exister.

— Tu le prétends, je le pense, mais eux ne le

croient pas. Ils ont besoin de moi pour une nouvelle mission particulièrement délicate et ils exigent que je me sépare de toi avant que je ne l'entreprenne.

— Tu es d'accord ?

— Tu sais bien que non.

A cet instant, le vieux barbu se met à en casser toute une bordée à ma déesse.

— Qu'est-ce qu'il dégoise, l'ancêtre ?

— Il m'interdit de te parler français, répond-elle en anglais, car aucun de ces messieurs ne comprend ce dialecte.

— Eh bien, continuons en anglais. Quelle est ta réaction ?

— Je refuse de te perdre et je ne travaillerai plus pour eux si on t'enlève à moi.

Je me remets debout en geignant, car j'ai le dos contusionné.

— La situation paraît bloquée, non ? fais-je au vieillard, lequel m'a l'air d'être le big boss.

Son regard, c'est deux petits traits à l'encre... de Chine dans son visage parcheminé. Il les tient braqués sur ma personne comme un double rayon laser.

— Vous avez tort de douter de moi, lui déclaré-je d'un ton pénétrant. J'ai tout abdiqué pour Li Pût. Elle règne sur ma vie. Ai-je tenté une seule fois de partir, voire seulement d'adresser un message à qui que ce soit ? J'ai abandonné ma mère que j'aimais, ma fiancée que j'aimais, mon métier que j'aimais, pour lui consacrer chaque seconde de mes jours, et mon seul idéal serait que cet état de choses dure autant que moi. Vous pouvez lui confier n'importe quelle mission, je dis bien : n'importe laquelle, je l'aiderai à l'accomplir.

Le vénérable me saisit le bras et m'entraîne à l'écart en direction de la forêt. Un minuscule singe au

pelage clair pousse un cri en nous voyant venir et se
met à jouer les Tarzan, de branche en branche, puis
d'arbre en arbre. Ses voltiges déclenchent des cris
d'oiseaux jacasseurs.

— Parlons net, murmure le vieux : Li Pût est folle
de vous et vous êtes fou d'elle.

— Vous sentez que c'est vrai, j'espère ? dis-je au
racorni.

— Je sais qu'il en est ainsi, admet-il ; mais je sais
aussi que Li Pût vous fait prendre certaines dragées
qui vous conditionnent.

— Elles me stimulent peut-être au plan des
prouesses sexuelles, mais elles ne modifient pas mon
sentiment, assuré-je avec feu. Le jour où je l'ai
rencontrée, je suis tombé immédiatement sous son
charme et dans ses bras sans avoir gobé quoi que ce
soit.

— Vous êtes un épidermique qui ne peut résister
aux fortes tentations de la chair, me déclare le vieux
bonze ; mais les liens de chair sont faibles. Si vous
cessiez de prendre les dragées de Li Pût, votre cœur
cesserait, lui, de suivre votre sexe.

— Qu'en savez-vous ! bondis-je.

— C'est moi qui lui procure les dragées en question, rétorque l'homme bardé de blanc. Je connais
toutes les propriétés des produits qu'elles contien-
nent. Vous êtes un amant fou d'amour et docile,
uniquement à cause de l'effet qu'ont ces dragées sur
votre psychisme. Présentement, vous vous trouvez
dans un état quasiment d'hypnose. Vous tueriez
votre propre mère si Li Pût vous le demandait. Mais
si vous interrompiez les prises, vous redeviendriez
comme avant.

— Vous faites erreur, je n'ai pas besoin de vos
saloperies de drogues pour rester éperdument lié à Li
Pût.

Mon vis-à-vis secoue la tête, sceptique.

— Li Pût a fait un caprice à votre propos. Jusqu'à votre rencontre, elle s'est toujours montrée une collaboratrice soumise avec laquelle tout était aisé. Et puis elle s'est entichée de vous. Sa volonté de vous garder auprès d'elle était si vive que, craignant de la perdre, j'ai aidé à la réalisation de son désir en vous assujettissant totalement grâce à l'intervention de certains remèdes très anciens de notre pays. Je pensais qu'elle allait se lasser de vous, c'est pourquoi je lui ai conseillé de prendre des vacances dans sa propriété malaise. Lorsque les femmes sont en état de crise amoureuse, au lieu de contrarier leur passion, il convient au contraire de la faciliter. Seulement, vous continuez de l'ensorceler, mon cher. Je vous dis bravo, mais cela me gêne car j'ai terriblement besoin d'elle et ne peux plus attendre la fin de ses turpitudes sexuelles dont on m'a rapporté toute l'extravagance.

« N'étant pas sûr de vous, vous êtes donc de trop. Je vous avais promis de jouer franc-jeu, voilà qui est fait. »

On continue de marcher à la lisière de la forêt qui sent le poivre. D'admirables oiseaux s'envolent à notre approche. Une vie formidable grouille sous les immenses frondaisons. Et voilà soudain qu'un coup de tristesse m'accable. Se peut-il que cet enchantement cesse déjà ? On va me chasser du paradis terrestre ?

— Puisque votre produit miracle vous assure, selon vous, ma complète docilité, continuez de me l'administrer, suggéré-je.

Barbempointe décolle ses lèvres extra-minces pour un sourire de commisération.

— Pensez-vous que je vais prendre un tel risque, mon cher monsieur ? Il suffirait que vous vous

absteniez d'avaler mes dragées deux jours de suite
pour redevenir normal !

— Mais je suis normal ! hurlé-je.

Et l'idée me vient, superbe.

— Testez-moi !

— Ah ! oui ? Et comment ?

— Qu'on cesse de m'administrer ces dragées ! On
verra bien si mon comportement change. Si je vous
donne la preuve qu'elles ne le modifient en rien, vous
me ferez peut-être confiance, non ?

Le fossile se met à gratouiller sa barbe soyeuse.

— Il faut y réfléchir, murmure-t-il.

SA PISTE

— Traduis-z'y! ordonne Béru à sa nièce bien-aimée. C'est pas que je cause mal l'anglais, mais ces gaziers ont un accent que, merde, faut s'l'respirer!

Docile, Marie-Marie demande au patron du bar s'il ne connaîtrait pas une superbe Chinoise, dans le secteur, qui pratique le délicat métier de prostituée.

L'homme a la peau du visage tellement tendue que, lorsqu'il ferme un œil, il ouvre le trou du cul. Un rictus naturel tord sa bouche, lui donnant un aspect mauvais qui ne doit pas correspondre à son tempérament, mais qui crée un malaise (un malaise malais).

Il fume une longue cigarette qui dégage une curieuse odeur en se consumant. La fumée rectiligne barre son visage. Marie-Marie songe que ce serait un bel effet cinématographique, cette gueule coupée par cette volute, avec, en arrière-plan, un aquarium dans lequel se poursuivent des poissons jaunes qui lui ressemblent tellement qu'il doit en être le père.

Il murmure, après réflexion :

— Vous prenez la rue Skon Naî Impuhr, c'est la troisième à gauche en sortant. Vous verrez, à peu près dans son milieu, une maison rouge, très étroite. C'est là.

Béru écluse son godet d'alcool de foutre de congre.

— Rent' à l'hôtel, du temps que j'avise ! fait-il.

— Non : je vais avec toi ! riposte la Musaraigne.

Tonton violace.

— Non, mais, técolle, c'est bonjour l'angoisse !
Moi, ton onc' t'emmener au bouik ! Tu penses un peu
à c'que les glandeurs d'not' immeub' feraient comme
gorgées chaudes s'ils le sauraient ? J'vois d'ici not'
pip'lette, c'te vieille saloperie ambulante, les ragots
qu'elle irait cloporter, vipère comme tu la sais !

Marie-Marie objecte qu'il est peu probable que les
voisins du Gros se trouvent à Kuala Lumpur, mais
son tuteur reste intraitable :

— Fais-moi pas mett' en r'naud, môme, c'serait la
chiasse pour mes corollaires qu'ont tendance à s'na-
ser d'après mon total de tri-glycérine.

Soumise, Marie-Marie le quitte.

Alexandre-Benoît indique au taulier qu'il doit lui
servir un nouveau gorgeon.

— The chinoise girle, of dont you m'causez, chit is
very goude for the pipe ?

L'autre qui n'a pas compris répond *Very good,* et
Bérurier part à l'assaut de la petite maison rouge.

Quand le bistrotier a précisé qu'elle était très
étroite, il exprimait davantage que la vérité, car
l'immeuble en question ne mesure pas plus d'un
mètre cinquante de large. On dirait qu'il a été
compressé entre les deux bâtiments plus ou moins
modernes qui l'encadrent.

Malgré son exiguïté, il comporte un étage percé
d'une fenêtre. Une lanterne rouge domine la porte
rouge. La maison ressemble à une blessure fraîche :
comme si on avait filé un coup de kriss dans la rue.
Un heurtoir de bronze représentant une bite pen-
dante sur deux testicules s'offre à la main de l'arrivant.

Baoum baoum! fait-il, manœuvré par celle du Virulent.

Un brin de moment s'écoule, puis une extrêmement vieille dame qui paraît avoir vécu déjà trois ou quatre existences et achever celle en cours, tant elle est fanée, ridée, ratatinée, vient délourder. Elle a le regard blanchi par la cataracte. Ça produit deux boutonnières dans la morille séchée de son visage.

Elle se plaque contre le mur, sans un mot, pour permettre au Mastar d'entrer.

Ce qu'il exécute en avançant de profil.

Un rideau de perles sépare l'entrée de la pièce principale. La vioque le franchit. Béru la suit. Il découvre alors une sorte de pièce-couloir comportant une natte, un vieux poêle de fonte, surchargé de casserolerie, un tas de hardes, un poster de Stevie Wonder et un bouddha qui ressemble à M. Doumeng, sauf qu'il a moins de pognon et davantage de bras.

Au fond de la pièce, une espèce d'échelle de meunier fait communiquer l'aimable rez-de-chaussée à l'étage.

— Hello! crie une voix venue des hauteurs.

Sa Majesté s'approche de l'échelle et lève la tête. Il croit douter de Saint-Saëns quand il aperçoit, plantées au-dessus de l'ouverture, une paire de jambes, prolongées par une paire de cuisses, terminées par une foisonnante et luxuriante toison noire pareille à un pauvre bébé astrakan lové dans ce triangle d'or.

Fasciné, le célèbre flic gravit l'escalier. En haut, la dame ne modifie pas sa position, si bien que le noble visage du visiteur vient se placer dans ce nid sombre se mettant, dès lors, à ressembler à Georges Moustaki avant qu'il ne grisonne.

— Good morninge, miss! s'enlanguouille le Fameux parmi cette touffeur.

La dame recule pour le laisser achever son ascension.

Une fois dans la pièce, le Gravos adresse un sourire à l'hôtesse. Cette dernière fait songer à une catcheuse japonaise. Elle est petite et pèse cent et quelques kilogrammes. Ses cheveux sont noirs, fort huileux, coupés à la garçonne. Tu dirais la petite sœur de Mao. Elle a les lèvres incarnat et les pommettes peinturlurées en mauve foncé, plus du vert sur les paupières et les sourcils puissamment accentués à l'encre de Chine. Un tableau de Fujita représentant sa cousine Fuzita, celle qui soulevait les haltères à la foire du Trône de Yokohama.

— Hello ! redit le jaune cétacé.

— J'ai fait ma grande toilette ce morninge, répond Béru qui a compris « Et l'eau ? » (1).

La poutrone s'approche et sa main déliée comme un club sandwich se promène sur la malrasance du Mammouth.

— *Wonderful boy !* elle assure.

— I am flatté, déar miss, répond Alexandre-Benoît ; let me you dire que you n'are not dégueulasse non plus.

— *Give me some ringitt* (2), exige la dame.

— Si j'aurais une laryngite, j's'rais pas là, my gosse, répond le Chéri.

La dame faite exprès pour ça, frotte son index sur son pouce en un geste éloquent.

— Oh ! your little cadeau ! réalise Béru. Five dollars, it is banco ?

La pécore se récrie qu'il lui en faut vingt.

Alexandre-Benoît la sermonne du doigt.

---

(1) Je te l'ai déjà faite cent quatre fois, mais moi ça me fait toujours marrer.
(1) La monnaie malaise est le ringitt.

— Faut pas killier the hen aux golden eggs, ma petite bricole. Je v's'en allonge ten, payab' cache-cache bonno, you scie ? Before de m'donner vot' réponse, I propose de you déballer the objet.

Le glissement caractéristique de sa braguette à la fermeture mal dentée qui accroche par endroits. Et Mister Bonhomme produit son phénoménal chibraque.

La prostipute pousse un cri chinois intraduisible en français, mais dont le sens colonel, voire général, serait à peu de chose près « Oh, mon bouddha ! Une rapière pareille ! Comment se peut-ce ! Chez nous, en Asie Majeure, on ne trouve que des zézettes d'oiseaux-mouches ! Quel régal en perspective ! »

Elle fonce à une boîte exotique sur laquelle on peut lire « Véritables galettes de Pont-Aven ». Elle en extrait un billet de dix dollars qu'elle tend à Mister Big Chibre.

— *Take and come !* fait-elle.

Et elle court se mettre à la renverse sur une natte de soie brochée (en vérité elle est en raphia, mais décorée d'un motif qui représente une broche, ou un brochet, maintenant que cette grosse vachasse est allongée dessus, on ne peut plus se rendre compte).

Eberlué mais ravi, le Surmembré enfouille le verdâtre.

— It is very aimable à you, ma pioupée de love, remercie-t-il. V's'allez t'avoir droit à l'opération braguette ouvert' su'l'grand air de Lucile d'la mer Morte.

La Gravosse pige pas, mais attend dans la plus grande impatience d'héberger cet article exceptionnel. Sa vieille mère lui avait dit que ça existait, qu'elle en avait entendu causer, le soir, à la chandelle, par des collègues ayant pratiqué leur métier en Occident (un Occident est si vite arrivé !). Pourtant,

elle doutait. Et voilà que la chose phénoménale est
là, tendue, vibrante, l'œil sombre, la tête enflée, le
teint vermeil, la grosse veine bleue en bandoulière.
Un chibre bouleversant, disproportionné et béat,
fonceur, mutin, bestial, couvert d'une pruine délicate
tel un raisin pas encore vendangé.

— If you not look of inconvénients, j'vas garder
my futal, biscotte j'ai arraché the patte of fermeture
du hight et j'verrouille maint'nant ouize des épingles
of surety dont I have very of mal à mettre.

Il s'agenouille, considère le centre d'accueil de la
donzelle, fortement embroussaillé par son système
pileux.

— J'voye qu'maâme a pas fait les foins, grommelle
le Superbe, faut gaffer à pas prend' d'algues dans
l'hélice. Permettassiez qu'je balise avant d'fourvoyer
Coquette, Princesse. Un' p'tite raie in the midole
pour délimiter l'territoire, plize.

Il crache sur ses doigts pour faciliter le défrichage.

— *Quick! quick!* supplie la partenaire à bout
d'incandescence.

— Yes, my darlinge, je couique ; but faut chauffer
l'four avant d'mett' l'bred à cuire. Allez, go, on y va
pour le lâcher d'colombes ! Décontracte-toi bien
l'gnougnouf, j't'envoye du pipole !

Et il l'entreprend.

Bien qu'elle exerce sa profession depuis quinze
piges, la prostipute a grand mal à admettre son
nouveau locataire. Elle comprend qu'elle a eu les
yeux plus grands que le ventre. Le dit ! Et, comme ça
n'empêche rien, le hurle. Imperturbable, Monsei-
gneur Béruroche continue son trot anglais.

— Laisse aller, poupée, il halète, histoire de la
calmer. C'est comm' av'c les pull-overs : l'plus dur
c'est d'passer la tronche, après ça d'vient du velours,
l'reste suit !

Effectivement, les cris de la dame changent d'intonation. Au début elle appelait sa mère, maintenant elle la récite ; dans un instant, elle la chantera.

Le Mastar poursuit sa charge triomphale. C'est Annibal se lançant dans la seconde guerre punique, Bonaparte (qui faillit être manchot) rue du Pont-de-Lodi.

Baiser sur une natte rend l'acte silencieux pour peu que le plancher soit stable. Par malheur, il ne l'est point chez la péripatéchinoise. Formé de vieilles lattes vermoulues autant que disjointes, et même davantage, celles-ci craquent sous le boutoir du Tempétueux. En bas, la vieille prend les jetons : aveugle mais pas sourde. Pas trop. Elle court alerter des voisins. Lesquels s'amènent. Grimpent l'échelle. Voient ! Sont stupéfiés. Un goumi de cette ampleur ! En pleine Malaisie ! On croit rêver. S'agit-il d'un homme ou d'un centaure ? D'une prothèse surdimensionnée ? Le doute ! Attendre et voir ! Notre héros superbe harde à outrance. Le plancher qui, hélas, constitue le plafond de l'étage inférieur (cette idée, aussi, d'accorder une double fonction à ces malheureuses planches pourries !) prend de plus en plus de gîte (à la noix). La prostipute, tous jambons dégagés, talonne le contrepoids du Gros. Sur leur natte, ils se rendent pas compte. Que, pour comble, mais qu'est-ce qu'il lui passe-t-il par la tête, ce Béru, ne voilage-t-il pas qu'il tonne : « And nove : at the cosaque, salope ! » Il s'élève pour acquérir de l'élan. Vise ! Fonce ! Vrrrraaaahoummmm ! C'est comme ça que tu l'écrirais dans une bulle de B.D. La plus large des planches cède au coup qui la tue. Brisée, elle va voir en bas qui s'y trouve. La vieille mammie aveugle ne voit pas arriver le radeau ! Il la méduse. Schplafff ! Une bouse ! La *girl of joy* est en partie dans le vide. Il n'y a plus que ses quatre membres qui la maintiennent au premier : son formide fessier de lutteuse pend comme une suspension dans la pièce du dessous. Le Béru d'amour, juste qu'il a eu le saut de carpe salvateur (Dali). Le cervelas dodelineur, il se penche charitablement sur sa compagne.

— Bouge plus, Ninette, c'est pas grave, j'irai chercher du monde pour t'hisser. On t'bichera chacun par un aileron, par les paturons aussi. Deux cents kilos à quat', c'est d'la rigolade.

Tournant le dos aux assistants, il se croit toujours seul, le Mammouth.

Malin comme un orang-outan (ce qui en malais signifie « homme des bois »), il décide de placer à ce point critique son interrogatoire.

La gonzesse glapit de sa fâcheuse posture, mais il la calme d'un tapotis sur les bajoues.

— Mets-la sur « off », Titine, faut qu'on speak, you and me.

Il entreprend de lui demander si elle se trouvait à Marbella, España, trois weeks before. Elle affirme que non.

Connaîtrait-elle-t-il un beau garçon nommé San-Antonio ?

No, no, she do'nt know.

Le Mahousse reconnaît la sincérité. Il sait qu'elle ne le berlure pas. Y a gourance sur la personne. D'ailleurs, il s'en doutait chouïa. On lui a parlé d'une très belle Chinoise, or celle dont il vient de défoncer simultanément ou presque le fondement et le plancher (et puis aussi le plafond, j'allais oublier), bien que correspondant à ce qu'il aime n'est pas d'une beauté indiscutable.

Soit. Elle doit connaître une copine à elle, extremely bioutifoule qui crèche dans la région ou les alentours et qui marche au pain de fesses également.

Elle ne connaît qu'une autre prostipute, mais

vioque et laide avec des toiles d'araignée pour évoquer son pucelage.

Ecœuré, le Mastar se relève et renfourne son gros nomade (1) dans sa roulotte. Quand, s'étant retourné, il avise la foule silencieuse massée dans la chambre, il ne se formalise pas.

— V' pourriez l'aider à s'r'monter le dargif, sermonne le Digne. La charité bouddheuse, v's'aut, c'est « tiens fume »! Enfin, quoi, merde, son cul, c'est son fonds d'commerce, c'te jeune fille, merde! C's'rait une boulangerie qui crame, v'feriez la chaîne pour éteindre l'incident. Mais non, une pauv' pute qu'a les miches dans l'vide, v'levez pas l'petit doigt! Descendez au moins la r'garder d'en dessous, que ça vale la peine ; quand on est scénique à c'point, on assume, mes mecs! Ou alors v's'avez pas réalisé l'à quel point, telle qu'elle se tient, en bas ça doit valoir l'jeton!

Il bourrade de gauche à droite et descend. Les yeux au plafond (qui, là encore sert de plancher au premier) il marche sur la vieille mammie écrasée sans s'en apercevoir et s'arrête à l'aplomb de Vénus.

— Du tonnerre! s'écrie-t-il. Hé! vous aut' su'l'pont soleil! V'nez vite avant que tout craque, j'vous jure que ça mérite trois étoiles au Michelin!

Il contemple un instant encore et s'en va.

Il n'a pas parcouru dix mètres qu'il est rejoint par un petit Indien en pantalon noir et chemise blanche, beau comme un ange vert, qu'il se souvient avoir aperçu à l'instant parmi les assistants.

Le jeune homme est chaussé de savates de cuir tellement racornies qu'il a dû les intervertir pour les enfiler.

---

(1) Nomade : qui n'a pas d'habitation fixe. Pitit Rôbért.

— You désired something, bébi ? grogne Sa Majesté.

— Tu z'é francés ? demande l'adolescent dans la langue de Molière.

— Ça s'pourrirait bien, répond le Dodu. C't'à propos de quel sujet ?

— Zoulie Chinès qui tou cherché, moi sais !

Ce pourpre coucher de soleil sur l'Estérel au mois d'août qu'est la figure de Bérurier prend des éclats nouveaux, plus ardents, plus somptueux.

— Tu connais la Chinoise ?

— Ji lé !

— Comment qu'tu sais que c'est elle ?

— Lé zoulie zoulie et pute pute et chinès chinès. Si tine y zouli zouli ci mine !

— Elle habite où est-ce ? s'enquiert doucement le Gros, cœur battant, bouche dégustatrice.

— Ti donnes ringitts ! exige le cupide adolescent.

— V's'avez que vot'laryngite à la bouche, dans c'bled ! Tiens, v'là une belle pièce française de cinq francs, gamin, tu la feras changer...

— Ti la fous dans ti cul ! déclare le môme en s'éloignant.

Le Poétique court après lui.

— Ecoute, mon drôlet, j'ai pas d'conseils à r'cevoir de toi ! Mon argent, j'la mets où j'veux !

L'Indien le toise d'un œil flétrisseur.

— Monnie francès kaput ! déclare-t-il. Même mendiants ni plus veut. Ti donnes dollars !

Sa Majesté grommelle :

— Faut qu'on va aller faire d'la mornifle, p'tit mec, j'ai juste un bifton de vingt dollars.

— Alors, ti mi donnes. Et ji ti dis l'endroit zoulie pute.

— Comment tu le connais-t'est-ce ? s'enquiert le Méfiant.

— Mon père li zardinier chi zoulie pute !

— Bon, alors dis-le-me et t'as le bifton.

— Non, ti donnes d'abord !

— Pas question. Après qu'tu l'auras, t'es capab'
d'me tirer un bras d'honneur et d'les mett' ; t'es pas
franco du collier, tézigue. Tiens, en v'là la moitié,
quand t'auras balancé l'adresse t'auras l'reste, mau-
viette. Tonton Béru, j'voudrais qu'tu le susses : y
s'laisse pas baiser en canard.

SA MISSION

Le vieux à la barbe blanche en pointe s'appelle Fou Tû Kong. Lili m'a appris qu'elle lui doit tout. Il était l'aminche de sa mère et il s'est occupé de sa formation à elle. Il l'a préparée au vice comme on met en forme un rosier auquel on veut faire décrire des figures artistiques. Il est l'un des hommes les plus puissants d'Extrême-Orient et dirige un *tong* aux ramifications internationales. Ma Merveilleuse me dit qu'il voit d'un mauvais œil mon intrusion dans la vie de Li Pût. Il m'aurait déjà liquidé depuis long-temps si elle ne l'avait assuré qu'elle se tuerait, le cas échéant. C'est donc pour la conserver qu'il me tolère. Peu m'importe. Tout ce qui compte, c'est elle et ce que nous faisons de nos corps. Il a repris à Lili les dragées qu'elle m'administrait ; mais la rusée qui prévoit tout en a fabriqué de fausses avec des pralines qu'elle a taillées au volume des vraies, puis recouver-tes de laque à ongles de même couleur. Je ne voulais pas continuer de gober ses pilules de perlimpinpin, l'assurant qu'elles étaient superflues et que ma folie pour elle n'avait pas besoin d'adjuvant de service. Elle s'est montrée intraitable, arguant qu'il y allait de ma vie et que le moindre fléchissement dans mon comportement serait fatal.

Alors, bon : je continue de prendre les mystérieu-
ses dragées, en loucedé. Et de lui faire l'amour
comme impossible à décrire !

Tiens, ce matin encore, si je te disais, dans la
baignoire grande comme une petite piscine. Marbre
rose, siouplaît ! Deux marches à descendre. On se
baque ensemble, miss et moi. Elle m'oint. Si tu
verrais ces crèmes, lotions, onguents qu'elle dispose
(c.d.B.) ! Un fourbi formide. Et efficace ! Elle m'a
chipolaté le sournois au moyen d'un truc à base
d'huile de palme aromatisée qui l'a fait illico (je
devrais dire dare-dard) monter sur ses grands che-
vaux ! Je lui ai fait le coup du triton et de la sirène. La
bavouille aquatique ! Qu'en complément de programme, j'allais oublier : le fond de sa baignoire est
un miroir, Lili. Sans compter que l'eau forme prisme,
loupe, tout bien ! Les mecs de *Lui* auraient assisté
aux ébats, ils flashaient tous azimuts pour un repor-
tage géant. Comme poster, le postère à Lili Pute,
avec le guignolet au gars moi-même plein cadre ! De
l'art !

Ça, c'était le morninge, au réveil. A midi, on a
remis ça sur la balancelle du jardin. Elle se tenait à
genoux dessus, accoudée au dossier. Je lui imprimais
le va-et-vient de la manière que tu supposes. Une
façon de lui revaloir son gag du hamac de l'autre
jour. On a pris le repas de midi avec pépé Fou Tû
Kong et Kou d'Ban Boû. Toujours d'une extrême
délicatesse, les repas. Le vieux me lorgnait pour
s'assurer que mon fanatisme flanchait pas. Mes
démonstrations de tendresse avec Li Pût ont paru le
rassurer. Alors il a dit des trucs chinois à ma bien-
aimée ; du sérieux, du technique, je le sentais bien ;
on devine ces choses-là.

En ce moment, ils sont en pleine délibération, tous
les trois. Enfermés dans une pièce servant de bureau,

mais c'est pas un bureau. Plutôt un coin fumerie,
avec des canapés bas, des tables plus basses encore et
pas de fenêtres. La pièce est tendue de noir, agré-
mentée de décorations chinetoques dans les tons
orange et rose. On y renifle des relents d'opium.
L'éclairage léger incite à l'abandon. Je suis allé y
fourrer Li Pût à plusieurs reprises.

Donc, ils jacassent, les bonzes et ma déesse. Moi,
au contraire, je flâne dans la roseraie. Il y flotte un
parfum ineffable. Un toit de roseaux habilement
dressé épargne aux délicates fleurs les brûlures du
soleil. Un peu partout, des jets d'eau tourniquent. Je
m'y sens bien.

Et voilà qu'un sifflement étrange retentit. Je
reconnais l'air, c'est *les Trois orfèvres,* lesquels mon-
tèrent sur le toit avec de douteuses intentions qui
eussent induit la S.P.A. à intervenir si le chat mis en
cause ne s'était rebiffé en égratignant ces messieurs
en un point particulièrement vulnérable de leur
individu.

La mélodie provient d'un bouquet de camomillers
géants à feuillage crédule. Je m'en approche et que
distingué-je, plaqué contre un tronc d'arbre ?
Pinaud ! Tu te rappelles : mon ancien collaborateur
du temps que je marnais dans la Rousse. Plus délabré
que toujours, gris, maigre, presque aussi décharné
que Fou Tû Kong. Il est vieux comme une gare, ce
con !

— Sana, bredouille-t-il. Toi, enfin !

— Qu'est-ce que tu fous là, vieux branleur ?

— Mais on te cherche, Antoine ! Je suis en Malaisie en compagnie d'Alexandre-Benoît et de Marie-
Marie. Tu ne peux savoir quel mauvais sang nous
nous sommes fait. Sans nouvelles de toi depuis des
semaines...

Non mais, elle me court cette vieille frappe ! Je le

visionne sans ménagements. Sa pauvre gueule est toute de guingois, le nez cartilagineux, les paupières fripées, la bouche en vieux trou de balle de pintade déplumée.

— Hé, dis, l'Ancêtre, je suis libre, non ? Chacun sa vie !

— Mais, ta mère...

— Je n'ai pas de sermon à écouter de toi, coupé-je sèchement.

— Et Marie-Marie, la pauvrette, désespérée, morte d'angoisse...

— Tu me plumes, vieux. Si j'ai un conseil à te donner, c'est de les mettre rapidos sinon ça va se gâter.

Il chique les éplorés.

— Antoine, il n'est pas possible que tu tiennes un langage pareil ! Tu n'es pas dans ton état normal !

— Ecrase-toi, César, autrement ça va chier des hallebardes, je te dis !

Le Dabe me regarde avec de l'éperduance plein les lotos. Il branle son pauvre chef qui ressemble aux vestiges d'un donjon du treizième siècle au sommet d'un piton rocheux.

Puis il porte un sifflet à sa bouche et lui arrache une longue note stridente.

— A quoi joues-tu, bougre de vieille calamité ? m'enquiers-je.

La réponse me parvient sous la forme de Bérurier habillé en broussard, splendide dans un bermuda craqué aux miches, chaussettes dépareillées, souliers de ville, chemisette à manches courtes.

— Sana ! Te voilà !

Du coup, je m'emporte.

— Foutez le camp tous les deux et ne cherchez plus à me pomper l'air !

— Hé, dis, mon mec, t'es louf ! T'as morflé un

coup de mahomed su' l'cigarillo. Faut conviendre qu'y cogne sec dans c'bled d'mes deux !

Je ne sais pas ce qui m'arrive : la rage me fait trembler. Etre coursé jusqu'au fond des Asies par ces deux pommes grotesques, j'en claque des ratiches.

— Taillez la route en vitesse, sinon j'appelle !

Les deux hommes se dévisagent comme si on ne les avait jamais présentés.

— Ils t'ont fait quoi, tes citrons, mec ? murmure le Gros. T'es camé, mon fils, c'est pas possib' autrement !

Pour lors, je bondis.

— Mettons-nous bien d'accord, mes gugusses : j'ai tout mon chou et je vis ici de propos délibéré, alors ne vous mettez pas à gamberger. Simplement, j'en ai soupé de ma vie d'autrefois. Je tire un trait dessus et je repars à zéro ! J'ai rencontré la femme de mes rêves ; je suis heureux avec elle, point final !

Bérurier, cet infect poussah, se fout à chialer comme trente-quatre veaux.

— Mais qu'est-ce qu'il faut-il entendre ! lamente-t-il. Complèt'ment givré, not'Sana ; déplafonné intégral ! On va t'sogner, gars. Viens av'c nous !

Je lui tire un bras d'honneur et tourne les talons ! Alors, ne voilà-t-il pas qu'il me course, ce tas ?

— Tu te tailles, ou je t'allonge ! hurlé-je. Oubliez-moi tous et ne m'emmerdez plus jamais !

Le Mastar me cueille par le bras. N'écoutant que ma fureur, comme on dit dans les beaux livres reliés, je lui tire un pain carabiné au bouc. Ce rocher de Gibraltar en est ébranlé et vacille. Hébété, il se tient le tiroir à deux mains.

— Je n'en crois pas mes yeux ! lamente Pinaud. Des amis comme vous !

J'avise Râ Cho, la servante, sous la véranda.

— Hello ! lui crié-je en anglais. Envoyez-moi Mus Klé immédiatement.

Puis, à mes deux casse-noix :

— Barrez-vous illico, dans trois minutes il sera trop tard.

Le Terrible crache rouge. Son œil ressemble à un ciel d'orage.

— On s'est pas farci toutes ces heures d'zinc pour juste déguster un marron glacé d'ta part, espèce d'enfoiré vivant ! Tu vas viendre av'c nous aussi vrai qu'j'ai l'plus gros zob de la police parisienne. Si on peut pas t'sogner de ton plein pot d'grès, on t'sognera d'force, quitte à t'passer la camomille de force !

Avant d'avoir terminé sa phrase, il me balance une tatouille monstre. Mais l'Antoine, dis, tu permets ? Les taquets avec préavis, je les retourne à l'expéditeur en port dû. Une esquive pivotante qui met mon antagoniste en porte à faux, et je profite de ce qu'il est déséquilibré pour lui plonger dans la boîte à dominos, tête première.

Cette fois, le Gros tombe sur son cul, asphyxié par mon coup de boule. Il secoue sa tronche parce que son minuscule cerveau est parti en vadrouille dans sa tronche et qu'il tente de le remettre en place.

Puis il passe sa main sur la pelouse en bafouillant :

— V'ai paumé mes ratiffes ! Aide-moi à trouver mon atelier, Pinuf !

Mus Klé, alerté par sa bergère, se pointe, tenant un fusil à pompe sur son bras.

Il stoppe à quatre mètres des deux zigotos. Du bout de son arme, il leur intime de lever les bras. Les deux pieds-nickelés s'exécutent.

A ce moment précis, ma Merveilleuse arrive à son tour, flanquée de Kou d'Ban Boû et du vénérable Fou Tû Kong.

Elle me demande ce qui se passe. Je résume la

scène, comme quoi ces deux manches sont venus me relancer, et que j'ai fait mander Mus Klé puisqu'ils prétendaient m'embarquer de force. J'ai même dû assaisonner le Gros afin de calmer ses ardeurs.

Le vieillard jacte à Li Pût, en caressant sa soyeuse barbiche blanche. Elle traduit en français :

— Honorables visiteurs, votre ex-chef le commissaire San-Antonio a décidé de rompre totalement avec le passé et de vivre avec moi. Je vous conjure de comprendre qu'il serait très dangereux pour quiconque de chercher à s'emparer de lui. Mon hôte bien-aimé se trouve placé sous la protection des vénérables autorités malaises. De plus, il est intangible dans ma propriété. Nul n'a le droit de s'y présenter sans s'être annoncé à la barrière placée sur le chemin. Notre personnel est armé et a l'ordre de tirer à vue sur tout intrus. Cela dit, retournez en France, honorables visiteurs, et faites-nous la grâce de ne jamais revenir. Mon serviteur va vous raccompagner jusqu'à votre voiture.

Ayant balancé ce discours, elle vient se blottir contre moi. Je la saisis par la taille et lui roule une galoche de fin de film.

Nous regagnons tous la maison, à l'exception de Mus Klé, lequel s'éloigne avec les deux compères.

Le Respecté Fou Tû Kong boit du thé au jasmin à longueur de journée. Il s'alimente fort peu, se contentant d'une menue bouchée de chaque plat. Pour certains, même, il les hume seulement, comme un parfumeur testant de nouvelles créations.

Ses doigts, longs comme des cierges, restent presque continuellement croisés. Tu dirais une botte de salsifis épluchés. Il vit à l'éconocroque, cézigue, se manifestant le moins possible, mais à bon escient.

Quand nous sommes parvenus aux minuscules oran-
ges confites, il prend la parole :

— Je vais regagner Hong Kong dès cet après-
midi. Indicible Li Pût, vous êtes chargée de la
mission la plus importante qui vous fût jamais
confiée. Il va vous falloir déployer tous vos dons qui,
heureusement, sont infinis. La réaction qu'a eue
votre ami, hier, m'a paru positive et je suis convaincu
qu'il sera à même de vous apporter un concours
précieux.

Et, à moi :

— Je vous considère comme des nôtres, désormais, honoré ami, et je sais que vous saurez, grâce à
votre expérience infiniment précieuse, assister celle
dont vous avez si bien su toucher le cœur. Néanmoins, pendant la durée de la mission, je vous serais
reconnaissant de bien vouloir prendre à nouveau ces
pilules ; ainsi aurai-je l'esprit en repos.

Il sort un flacon de verre de sa poche, flacon qui
contient les gélules roses (les vraies et les fausses)
que lui avait restituées Lili.

Je me retiens de rigoler.

SA MISSION (suite)

On vient de changer de bled. On a quitté la Malaisie pour Singapour, qui se trouve à deux brasses, puisqu'un simple détroit (celui de Johore) les sépare. On occupe une jolie maison coloniale, dans un jardin pas très grand. Y a dans cette demeure un côté britannouille. Fini la luxuriance, les arbres vertigineux, les hamacs polissons, les balancelles tentatrices, les vérandas fleuries. Ici : the classe !

Colonnes de marbre, perron gourmé. Grille d'enceinte. On avoisine des gratte-ciel pimpants, aux vitres bleues pour certains. Singapour, mon petit ami, j'sais pas si t'as lu ça dans tes magazines pour débiles profonds, mais c'est un des plus grands ports *in the world*. Ici, on élève des porcs et des poulets, on cultive les légumes, la noix de coco et le tapioca. Sur les marchés, t'as des pyramides impressionnantes de primeurs et de poulagas. Les noix de coco, tu te dirais en Hollande au marché aux frometons qui ressemblent à des boulets rouges. J'aime bien vadrouiller, Li Pût arrimée à mon aile, parmi ces denrées appétissantes.

Je nous fais l'effet d'un couple débutant, nous deux, Lili et moi. Jeunes mariés, si tu vois le genre ? On avance, hanche contre hanche, et on s'offre une

5

langue fourrée tous les deux pas. Elle est plus belle et
frivole que jamais, mon héroïne de romans noirs.
Surexcitée par l'amour et l'importance de sa mission.
Je la questionne, mais, taquine, elle refuse de
s'affaler. Elle me promet la vérité pour bientôt, mais
paraît que ça payera. Du jamais vu ! En attendant, on
fait le quartier eurf pour me sabouler d'importance.
Smokinge bleu nuit, col châle. Limouille à plastron
gaufré, avec boutons en perlouzes presque véritables. Nœud pap' en soie argentée, tatanes vernies,
de quoi rupiner dans un gala, éclabousser les mirettes
fémino-pédérastiques de l'assistance ! Faire baver des
rondelles de noix de coco aux monchus, comme on
dit à Saint-Chef (sauf que là-bas il est question de
ronds de chapeau, vu que les noix n'y sont pas de
coco).

Li Pût m'annonce qu'on se rend dans une soirée
very very smart. Je serai son chevalier servant. Ajax
ammoniaqué ! Faut que j'en jette ! Import-export !
J'aurai à charge de livrer une cour pressante à
l'épouse de l'ambassadeur U.S. qui a la réputation de
ne pas rechigner sur le coup de bite quand c'est un
fripon au sourire Colgate qui monte en ligne. Elle-
même s'occupera de son vieux. La première partie de
l'objectif c'est que nous fassions la conquête du
couple. Coûte que coûte, l'un de nous deux devra
tomber l'un des deux ; si on réussit le doublé, alors ce
sera fête au village, avec les grandes eaux et illumina-
tions complètes.

Elle parle de ce tournoi singulier comme d'un
safari, ma Merveilleuse. Et c'est vrai que ça ressemble à une partie de chasse.

Alors bon, très bien, la fameuse soirée arrive.
Pourquoi y sommes-nous conviés ? Mystère et boule-
dogue (c.d.B.). L'affaire a été arrangée par les soins

de Dieu-le-Père, c'est-à-dire, par mister Fou Tû Kong.

Un trèpe choisi et varié se pointe dans les salons d'apparat de l'ambassade. Les Jaunes sont en majorité (du jaune citron au jaune bronze), mais y a également pas mal de Blancs et en plus quelques Noirs pour faire sérieux.

Le couple ambassadal reçoit les invités, debout à l'entrée. Lui, c'est un miroton d'une cinquantaine de balais, au regard clair, un peu coloré dans la région du tarin, avec des cheveux gris clairsemés. Elle, une vieille évaporée qu'on a introduite à la va-comme-je-te-comprime dans une robe-fourreau noire, mais rappelle-toi qu'elle doit être duraille à dégainer, la mère ! Elle est boulotte, le pot d'échappement au ras de la moquette, avec un bide plein le devant, et de gros nichemars mollassons qui se répandent sur son sternum comme un seau de tripes qu'on lui aurait vidé dans le soutien-gorge.

Elle est teinte en bleu, avec des traînées blondes. Sa quincaillerie rutile à son cou, à ses poignets, à ses doigts. Dans cet appareil, elle pourrait jamais traverser sa piscaille à la nage, moi je te le dis !

Je presse la paluche de tennisman du croquant et je cueille ensuite celle de son brancard en jouant des Mazda tant que ça peut. Je chique d'emblée au gars ébloui, frappé au cœur par la beauté campée devant lui. Le côté : « Ahrrr, mon Dieu ! Se peut-ce ? Si je m'attendais à ça ! »

Elle me capte cinq sur cinq, salope comme je la subodore. Son regard farineux me répond : « Bé, voui, mon bonhomme, j'ai le cul du siècle et je suis prête à te narguiller le brise-jet si tu me cherches ! »

J'en finis pas de garder sa menotte fripée dans ma dextre virile, ni de vriller mes châsses conquérantes

dans le pot de gélatine à deux trous qui lui tient lieu
de regard.

Au suivant !

On s'approche du buffet.

— Tu as déjà marqué un point ! me complimente
Lili Pute.

— Il va falloir suivre ! modesté-je. Et pour toi ?

— Ça va, répond-elle laconiquement.

Tu parles que « ça va ! » Les julots de la boum
n'ont d'yeux que pour elle. Faut dire qu'elle est pas
triste à regarder, la chérie ! Plus fascinante qu'elle, tu
te pètes l'aorte !

On écluse une coupe en guignant nos proies.
Bientôt, les hôtes ont fini le jeu du serrement de
paume. Ils sont alors abordés par des groupes
d'invités qui viennent leur tartiner les gnagnateries
d'usage. Rien de plus con qu'une réception, si ce
n'est une autre réception plus importante. T'as une
douzaine de mots à dispose qu'il faut absolument
placer dans le laps de temps qui t'est imparti. Le
premier d'entre eux étant l'adjectif « merveilleux » :
soirée merveilleuse, toilette merveilleuse, ambiance
merveilleuse, buffet merveilleux ; et comme quoi
c'est merveilleux l'à quel point tout est merveilleusement merveilleux ! Bande de cons ! Ecrémés du
bulbe ! Fornicateurs de trous d'évier ! Mais tu sais
qu'il faudrait pouvoir me haïr tout ça, mon pote ? Me
l'empiler dans des fosses d'aisance en laissant une
couche de merde au-dessus, pas qu'ils prennent l'air !
Ils sont dépravants, ces faisandés. Ils puent la venai-
son attardée ! Le chrysanthème flétri, le slip trop
longtemps porté ! Heureusement que le temps les
tue ! Mais ils repoussent ! C'est ça, l'horreur : ils
repoussent, y compris du goulot !

Certains tentent de nous aborder. Une nana
comme Li Pût lâchée dans une compagnie, et c'est

l'émoi des maris. On snobe tous ces pèlerins de la
voirie humaine ; on leur regarde au travers ; on leur
passe outre. Jusqu'au moment, qu'enfin, on voit une
éclaircie du côté de chez les Swan (c'est leur blaze,
aux bassadeur et drice). Alors on se sépare momentanément, Lili et moi. Que le meilleur gagne !

Je la coince tandis qu'elle jacte avec un Japonais
qui lui jappe au nez car il est sourd et, si t'as
remarqué, les sourds gueulent toujours en parlant,
même quand ils sont japonais.

Habilement, je m'interpose entre la drice et le Jap.
Il continue de jacter à mon dos, puis celui-ci ne lui
répondant pas, finit par la boucler.

Tu me materais à pied d'œuvre, j' suis convain-
queur que t'abasourdirais de mon brio. Pas par *four
roads,* l'Antoine. Au lieu de lui susurrer comme quoi
son champagne, son salon, son cul, ses bougies pour
planter dedans et ses petits fours sont « merrrrrr-
veilleux », je lui raconte suce-sein-tement ceci :

— Madame, votre salon donne sur une terrasse ;
les portes-fenêtres sont grandes toutes vertes ; la nuit
est tiède et embaume l'eucalyptus. Depuis bientôt
une heure, je vous admire à la clarté des lustres,
aurai-je le bonheur de vous admirer légalement à
celle des étoiles qui, je le sais déjà, vont merveilleusement avec vos yeux ?

Textuel, posément, et ce sur un ton qui mouillerait
ton Pampers de fond en comble.

Mistress Swan, tu peux croire qu'une jactance de
ce calibre, ça fait depuis la guerre de Sécession qu'on
ne la lui avait pas balancée, et même elle l'a jamais
eue vraiment en version originale. Ses cils sont collés
par du mascara crème telles des pattes de moustique
par la glu du papier tue-mouches, vu la surcharge

qu'elle s'est filée. Ça lui fait un z'œil comme le soleil dans un dessin d'enfant.

Elle me gloupe en plein. Elle énamoure. M'escorte jusqu'à la porte-fenêtre la plus proche.

La terrasse, très vaste, est délimitée en différentes zones par des plantes en bac. On y trouve un coin de repos, un coin de repas, une aire de jeu.

Mon hôtesse se dirige jusqu'à la balustrade où elle s'accoude, bien déguster l'heure enchanteresse. On voit la ville illuminée, et puis la mer criblée elle aussi de mille feux.

— Vous devez me trouver bien hardi ? je lui chuchote à l'oreille.

— J'aime les hommes hardis, elle répond à voix basse.

Clouc ! je lui file un petit coup de langue dans la portugaise. Surprise, elle en exclame. Mais les gerces, j'ai jamais compris pourquoi, les papouilles dans les manettes, ça les branche tout de suite.

— Et moi j'adore les femmes qui aiment les hommes hardis, ajouté-je.

Le duraille, c'est d'oublier sa tarderie à médème, le combien elle est blette résolument. Et doucettement viocarde dans son genre. Pot à tabac. Heureusement qu'avec les dragées *godfort* du barbichu j'épanouis du calbute à la moindre pensée volage !

Manière de me solliciter l'Agénor, je me raconte une très somptùeuse production « X » où elle tient le rôle principal, la Daronne. Promue Marlène Dietrich de la miche experte pour la circonstance ! Grande star hollywoodienne des trente-six poses ! Mon photomaton le plus saisissant, ça la représente mariée à un saint-bernard.

— Jusqu'à présent, je ne croyais pas au coup de foudre, je lui vagualâme.

Elle non plus, pas beaucoup. Son terrain c'était

plutôt le coup de verge, la mère Swan. La v'là qui
part à la recherche du temps pas perdu ! Sa bouche de
poisson-algue se tend, ronde comme un trou de balle.
Mince ! L'embrasser ? Pouah ! La bouche, faut
aimer. Tu te forces, tu gerbes ! Faire semblant, c'est
le refile assuré. Je lui dévie en souplesse l'objectif.
Comme elle a des tendances au nanisme, me suffit
d'appuyer sur son épaule d'une main et, de lui
fournir, de l'autre, mon zoom à réglage salivaire pour
l'amener à genoux d'œuvre, Ninette.

— *But I have my red mouth !* elle objecte.

J'y rétorque que ça ne fait rien et qu'elle se grouille
avant la clôture de mes bourses en cours.

Elle n'hésite plus à m'interpréter les « Trompet-
tes » d'*Aïda* pour cor des Alpes.

Dans les salons luminés, ça jacasse à tout va ;
brouhaha mondain. Tu connais ? Non, tu connais
pas ? T'as de la veine, cherche pas à connaître,
surtout, laisse baigner !

Mamie Swan est en plein turlututu quand, par
l'autre porte-fenêtre, surgit un autre couple.

Pas la peine d'allumer le plein feu, t'as déjà pigé ?
Ou sinon c'est que tu es encore plus con qu'il n'est
précisé dans ta biographie.

En effet, l'autre couple se compose bel et bien de
l'ambassadeur et de Li Pût.

Un rideau d'harmonicas à fleurs archiduques nous
sépare de lui. Une seconde séance amoureuse s'orga-
nise. Leçon d'amour dans un parc suspendu ! Ma
chère splendeur lui confectionne de ces agaceries
mijotées qui, d'emblée, lui valent les compliments du
jury à l'unanimité, plus la voix du père Swan. C'est si
extraordinairement *very delicious* qu'il en pousse des
râles comme quand il morflera son infarct, le diplomate à la crème ! Il dit comme ça : « Ahowrrrr !
Braouhhh ! Sllllowwww ! Hurk ! ». Un vrai Coman-

che sur le chantier de la guerre, ou le sentier de
naguère.

A mon tour, voulant pas négliger madame, et
puisqu'elle m'a stratifié l'Angélique, je la récom-
pense d'un coup de guisot magistral, que tant pis
pour la robe-fourreau remontée tant mal que bien
jusqu'à son double menton. On forme un bath
quatuor à cordes (vocales). Au programme : « La
flûte enchantée et la Symphonie Fantastique ».

A un certain moment, un vieux diplomate hachuré
se pointe sur la terrasse pour fumer un cigare. Ce
qu'il constate le met en fuite ; et c'est tout bénef pour
ses éponges parce que la nicotine, merci bien, tu sais
à quoi ça conduit ?

Bref, on réussit à se dévergonder le couple au-delà
de nos espérances. M. et Mme Swan se retrouvent à
la fin de leurs ébats. Li Pût aide obligeamment
l'ambassadrice à se requinquer. Les deux époux
paraissent très tolérants, ils se congratulent récipro-
quement pour le panard géant qu'ils viennent de
prendre au débotté, si je puis dire. Ils nous assurent
de leur plus vive reconnaissance. Bien que provisoi-
rement rassasiés, ils prévoient l'avenir. Et quand
t'est-ce qu'on se revoit, tout ça ? Pile ce que souhai-
tait Lili Pute. On fait comme les Arabes travaillant
dans les palmeraies : on prend datte !

— Ah ! chéri, tu as été inouï, m'assure Li Pût un
peu plus tard. Travailler avec toi devient de l'art.

SA MISSION (toujours elle)

— T'es d'une pâleur cave d'Amérique, ma gosse, déclare tonton Béru, soucieux. Si tu continueras à t'bouffer l'sang, t'vas d'viendre poitrinaire comm' la Dame aux Bégonias. Faut qu'on va rentrer, ma loute. Y vont finir par t'virer de l'Enseignage à force d'absenter. L'Sana, il est court-juté, on n'y peut rien. Y s'plaît dans sa nouvelle vie au point d'm'fout' su' la gueule quand t'est-ce je lu précone de rentrer. Un jour ça lu passera, y reviendra d'son erreur...

La pauvrette fait « non non » de la tête.

— Il faut s'emparer de lui par la force, mon oncle ! déclare-t-elle. Il est en danger. Cette Chinoise est une meurtrière qui l'a réduit à merci. Je sens que son charme n'est pas le seul facteur de séduction. Elle le drogue fatalement ! N'est-ce pas, oncle César ?

— J'en ai la conviction, admet Baderne-Baderne. Souviens-toi de son regard, Alexandre-Benoît : ce n'était plus le sien, mais celui d'un illuminé.

— Donc, nous devons le sauver.

Le Surgonflé hausse les épaules.

— Souate, mes braves, admettons qu'y soye camé, seul'ment la drogue t'fait pas aimer qui qu't'aime pas. Pardonn'-moi si j'm'escuse, môme, mais le

Tonio est fou d'cette pécore-crème-vanille ! Ça s'voiliait.

— Il en est fou artificiellement ! s'obstine Marie-Marie. Il en est fou parce qu'on lui fait prendre des produits ayant une action biochimique sur les neurones de son cerveau.

L'Inconvaincant commence à trouver qu'on lui pompe l'air avec les états d'âme artificiels de San-Antonio. Son crochet dans la clape lui est resté sur l'estomac, puis-je me permettre d'ainsi m'exprimer ? Oui ? Bon, merci.

— Les neurones à ton grand glandeur, j'en ai plein l'cul, ma fille ! J'te dis qu'not' pot' est plus not' pote. Il a viré voyou pour sa miss Jaunisse, un point c'est tout à la ligne.

— Les voilà ! annonce soudain Pinuche.

Ils se mettent à regarder en direction de la maison coloniale où loge le couple à Singapour. Leurs haleines ont embué les vitres de la Honda où ils se tiennent. Ils y pratiquent de discrètes meurtrières du bout des doigts.

En silence, ils voient sortir San-Antonio et Li Pût, enlacés. Le couple avance d'un pas rapide, cuisse contre cuisse, synchronisant voluptueusement leur marche.

— Pour un mec chnouffé, y tutube pas trop, ricane Bérurier.

Marie-Marie pleure en regardant s'éloigner les deux amants vers le centre de la ville.

— Si qu'on enlèverait ce connard, reprend l'Enflure, c's'rait comme on dit en langage judicieux : un porte-voix de portefaix su' sa personn'.

— Il ne s'appartient plus ! balbutie sa nièce d'un ton haché menu par les sanglots. Je vous jure qu'il faut le sauver !

— Eh ben vous l'sauverez sans moi ! déclare Béru

tout net. Ecoutez : la Pine les a suvis à Poilala Autour (1) jusqu'à la raie-au-porc. Est-ce que l'Grand a r'chigné pour prend' l'avion qui les a amenés z'ici ? Mes couilles ! Et je pèse mes mots. Et là, dis, il a l'air déclaveté, Marie-Marie ? Mords-me-les, la manière pâmeuse qu'ils vont ? Faut t'rend' quand Lévy danse : y s'adorent. Tire un trait d'sus, ma péronnelle, t'en r'trouv'ras un aut', un mieux. J'connais cent mecs qui rêv'raient d'faire leur chou-rave d'toi, mon Trognon. N's'rait-il que Francis Galurin, l'fils à mon pote d'régiment qu'est mat'las-sier. Allez, zou, on a assez suffisamment traîné dans ces pays sans beaujolais ni rillettes. Quand j'pense qu'on paye l'voiliage av'c nos prop' éconocroques ! A une époque qu'le carbure d'vient rarissime !

Le couple, tout là-bas, a disparu, happé par le grouillement de l'immense port.

Marie-Marie essuie ses larmes, comme naguère elle a essuyé la buée sur la vitre.

Je te laisse méditer la splendeur d'une telle image que j'ai refusé de vendre à Epinal, bien qu'on m'en offrît une fortune.

— Ecoute, mon oncle, rentre, moi je reste. Je ne l'abandonnerai jamais, ayant l'intime conviction qu'il est en grand danger et qu'il ne s'appartient plus.

Pinaud se racle la gamelle.

— Je reste avec toi, Marie-Marie. Avant de quit-ter Paris, j'ai cousu quelques louis d'or que nous avions dans la doublure de ma veste. Nous les vendrons dans une banque, ce qui nous permettra de tenir le coup quelque temps encore.

Le Gravos se mord les lèvres, pète en souplesse après s'être penché sur la droite, tel un motocycliste négociant un virage.

(1) Béru veut parler de Kuala Lumpur.

— C'qu'v'pouvez t'être chiants, les deux ! déclare-t-il. Bon, on va l'rapter, ton grand vaurien, pisque t'es enragée !

— Merci, mon oncle.

— Mais, bordel de merde en branches, pourquoi t'est-ce qu'tu acharnes à croire en lui, mouflette ?

— Je l'aime. La preuve : c'est moi toute seule qui les ai retrouvés à Singapour.

— Bédame, t'as questionné tous les bagagisses de la raie-au-porc en leur montrant la photo de ces deux viceloques !

*
* *

On est devenus inséparables, les Swan et nous deux. La partouzette maison, ils en raffolent, mes Ricains. Bien des couples fatigués se résolvent à cette pauvreté, manière de se stimuler la glandaille. A court de cinoche mental, ils passent aux splendeurs orientales : la scène épique du harem en folie inter-prétée par toute la troupe ! La cochonnerie géante, pour le confort des copulations.

Li Pût qui en connaît long sur la tringle comme la voie ferrée du Transsibérien, a drivé l'affaire de main de maîtresse. Elle a su gommer l'aspect honteux, voire simplement gênant de nos relations pour les transformer en « liens d'amitié ». On brosse en copains, si tu vois ? On se fait des dîners fins chez les uns ou les autres, et après les liqueurs, valsez bénouzes et culottes affriolantes ! Tout le monde sur le pont pour l'exercice d'évacuation du navire !

Le régal des lanciers ! A toi à moi la paille de fer !

Ce soir, ça s'est passé chez nous. Les ambassadeurs ont vécu des instants formides. On leur a sorti le grand jeu, les meilleures figures du ballet : « le chien des baskets de ville » ; « les grands cimeterres sous la

hune » ; « le sous-pied de Salins » ; « les morceaux
choisis de Casanova » ; « la baise de Castro » et « la
couche du moche ». C'était si tant tellement à ce
point féerique et endiablé qu'ils ont applaudi, après
le baisser de rideau.

Et c'est alors que tout se joue concernant la
mission.

Li Pût caresse Mr. and Mrs. Swan de ses doigts
chargés d'électricité pas du tout statique, espère !

— A demain, n'est-ce pas, mes chers amours ?

L'Excellence remet son slip de bataille.

— Hélas, ce sera impossible, fait-il.

— Oh ! mon Dieu ! déplore Lili Pute, instantané-
ment désolée.

— Et ce le sera durant trois jours, soupire
Dorothy. (Je t'avais pas dit : la mère Swan s'appelle
Dorothy ? Son vieux fromage, lui, c'est Hasse. Paraît
qu'au boulot il est dur dur. Pour un oui, ou un non,
Hasse Swan fait barrage.)

Ma Merveilleuse se tord les mains.

— Trois jours sans vous ! Oh ! non, je ne peux
pas...

— Ma chérie, déclare l'ambassadeur, vous savez
bien que c'est demain que commence la Conférence
internationale de Singapour, à laquelle participeront
notre Président, le Premier ministre japonais et le
chef du gouvernement de Chine Populaire.

— En effet, j'ai vaguement entendu parler de la
chose, convient ma Bellissima.

— Vaguement ! plaisante Swan, mais il n'est question que de cela sur la planète !

Elle lui lichouille prestement la lèvre, façon caméléon.

— Vous savez bien que je ne l'habite qu'accessoi-
rement, votre damnée planète, Bel Amour.

— Et c'est ce qui ajoute à votre charme, adorable

nymphe, bavasse le vieux kroum. Toujours est-il que demain, à midi, je dois accueillir mister Président à l'aéroport et que nous l'hébergerons (de F.O.) à l'ambassade pendant son séjour à Singapour.

— Oh! j'aimerais le voir! gazouille mon canari d'amour. Ne puis-je me mettre dans un petit coin pour le voir de près?

Donc, j'attire ton attention, Gaston : c'est ici que se décide le sort du monde pour les jours à venir. Ou bien le père Swan fera droit à la requête de Li Pût, ou bien pas; auquel dernier cas, on se sera farci ces sinistres parties de jambons pour la peau!

— Hélas, ce n'est guère possible, ma jolie. Depuis plusieurs jours, nous avons les services de sécurité sur le paletot; les gars qui en font partie ne sont pas des enfants de chœur. Ils épluchent tout et spécialement la liste des personnes devant approcher le Président. Chacune d'elles fait l'objet d'une enquête serrée et les invités seront filtrés. D'ailleurs on a équipé la porte d'entrée d'un système de détection plus sophistiqué que ceux en vigueur dans les aéroports.

Li Pût se ferme. Elle a le don de se rouler comme un pébroque anglais lorsqu'elle est mécontente. Son regard mince se modifie et les paupières ne laissent plus filtrer que les deux pupilles.

— En ce cas, n'en parlons plus, fait-elle, mais vous devenez terriblement fonctionnaire, mon cher, une fois que vous avez remis votre pantalon. Je vous préfère comme ceci...

Elle ouvre un tiroir, en sort un paquet de photographies qu'elle répand sur la table comme on étale un jeu de cartes. Ces belles images nous représentent en train de bien faire, les quatre. C'est son grand gadget, la photo, Lili Pute. Il est pareil à la chou-

croute : il tient au ventre et se réchauffe indéfini-
ment.

La mère Swan égosille de pâmage en voyant ces
poses suggestives.

— Comme c'est *very* excitinge, elle glapit, déjà
prête à remettre le couvert, cette vorace.

Son bonhomme, par contre, pousse une toute sale
frime. Il louche sur les photos et demande, paumé :

— Mais, comment se fait-il ? Pourquoi ?

— C'était trop bon, *dear* Hasse, répond Li Pût.
Quand nous sommes seuls, Antoine et moi, grâce à
ces clichés coquins, nous revivons les inoubliables
instants passés en votre compagnie, n'est-ce pas,
chéri ?

— Oui, renchéris-je, c'est notre pense-bébête.

Outre qu'elle est intraduisible en anglais, ma
boutade passe par-dessus la peau de dauphin de sa
panique sans l'atteindre.

Il flaire brusquement le tout grand coup fourré de
sa carrière, l'Excellence. La méchante colique qui va
peut-être lui choir dessus.

Et sa rombière innocente de supplier :

— Oh ! Li Pût d'amour, vous voulez bien m'en
donner quelques-unes ?

— Prenez-les toutes, j'ai les négatifs ! assure la
perfide, ce qui flanque une nouvelle décharge de
haute tension dans le rectum de l'ambassadeur.

— Qui a pris ces photos ? demande-t-il.

— Un appareil incorporé au montant de mon lit,
mon aimé !

— C'est de la folie, assure-t-il. Si elles tombaient
entre des mains inamicales...

— Quelle idée ! s'écrie Lili Pute, parfaite d'innocence.

Sa surprise est si authentique qu'on voudrait la

faire encadrer et la suspendre avec les ex-votos de Lourdes.

Elle ajoute :

— Vous n'imaginez pas que je pourrais les montrer à qui que ce soit, Hasse ? Ce serait de la folie douce ! Nous serions tous quatre perdus de réputation et votre brillante carrière volerait en éclats !

Du grand art, je te dis ! Elle est plus fascinante encore dans ce numéro de chantage inavoué que dans sa démonstration de brossage.

Elle le prend par le cou et coule sa main insinuante sous sa chemise pour lui masser la poitrine.

— Dites, bel amour, vous n'êtes pas inquiet, au moins ? Vous voulez que je vous donne les négatifs ? Oui, n'est-ce pas ? Vous voici tracassé. Si j'avais su je ne vous aurais pas montré ces photos.

Elle lui caresse maintenant l'entrejambe de sa main restée libre.

— Hasse chéri, je vous les donnerai, c'est juré.

— Quand ? balbutie ce vieux connard.

Elle fait sa chatte :

— Invitez-moi à la réception du Président et je vous porterai les pellicules !

Il y a un temps mort ; vraiment mort pour Swan que je sens au bord de l'agonie.

— Et si je ne parviens pas à vous inviter ? questionne-t-il après avoir rassemblé tout l'oxygène encore disponible dans ses foutus poumons.

Elle s'écarte de lui, boudeuse.

— En ce cas, vous seriez un grand méchant, Hasse.

C'est tout. Pas une broque de mieux.

Les époux ricains nous quittent. La vioque est ravie d'emporter les photos graveleuses. Son vieux titube d'angoisse.

Lorsqu'ils sont partis, Li Pût se jette dans un

fauteuil en éclatant d'un rire de ruisselet sur des cailloux roses.

— Tu as vu la tête qu'il faisait, pouffe ma Sublime. On aurait dit un homme venant d'apprendre qu'il a le cancer !

— Ces photos sont pires que les pires métastases, dis-je. Il va passer la nuit à les regarder ; mais au lieu de l'exciter elles le feront débander.

Et puis je m'abîme dans des réflexions à n'en plus finir.

— Tu parais soucieux ? note Lili Pute. Tu crains que je n'obtienne pas cette invitation ?

— Non, pour l'avoir, tu l'auras, sois tranquille. Il prendra tous les risques, mais tu recevras le carton par porteur spécial demain matin.

— Eh bien alors, à quoi penses-tu ?

— A l'ironie de la vie, Li Pût. L'une de mes dernières enquêtes s'est déroulée en Irlande où j'ai déjoué in extremis un complot visant le Président des Etats-Unis (1) et voilà qu'à présent j'en trame un contre lui ; ne trouves-tu pas cela un peu dérisoire ?

Elle hausse les épaules.

— Je vais te citer un proverbe de chez nous : « Le noir s'écrit sur le blanc, et le blanc sur le noir. » Il est de notre grand poète national Sâ Na Tô Nio, ce qui en riz cantonais veut dire « Bon cœur, belle bite ».

— Très profond, conviens-je. Et qui peut s'appliquer à tout à condition de le sortir.

Li Pût tique à nouveau. Elle est à l'écoute de ma pomme comme un joueur de Baccarat (Meurthe-et-Moselle) est à celle d'un vase de cristal.

Elle me demande ex abrupto :

— Au fait, as-tu pris ta dragée rose, aujourd'hui ? Je réfléchis.

(1) Cf. : *Laissez pousser les asperges.*

— Non, admets-je, habituellement, je l'avale le matin dans notre chambre, mais aujourd'hui nous avons pris le petit déjeuner sur la terrasse, ce qui me l'a fait oublier.

— Alors, viens la prendre !

Elle m'entraîne vers notre chambre.

— Qu'est-ce qui t'a donné à penser que je ne l'avais pas prise ? lui demandé-je. Ai-je l'air d'un homme en manque ?

— Oh ! certes non, mais il y a un je ne sais quoi d'inaccoutumé dans ton personnage ; disons une espèce de gravité que je ne voudrais pas voir dégénérer en mélancolie.

Je biche mon flacon magique dans l'armoire à pharmacie de la salle de bains et y pêche une gélule. Li Pût s'assure que je l'avale bien.

C'est plutôt elle qui est soucieuse ! Pourtant, quand j'ai virgulé le petit coup de glotte enquilleur, son fabuleux visage se détend.

Elle se jette sur le lit, écartelée.

— Je ne pourrai jamais plus me passer de toi, soupire-t-elle. Plus jamais ! Tu es ma drogue.

LA GRANDE SOIRÉE DE SA VIE

Allongé sous un parasol, au bord de la piscine, je contemple le toupet d'un palmier se détachant sur le bleu du ciel. Des pigeons blancs volettent d'un bord de toit à un autre. Les mâles se reconnaissent facilement à leur manière de faire la roue autour des pigeonnes, ces cons. Aussi balourds que les hommes ! Empressés, avantageux, sûrs d'eux et dominateurs comme ces Français que parlait De Gaulle, jadis. Ils remuent d'étranges sensations en moi. Je cherche. Trouve. Marbella : le *Puente Romano* et son merveilleux jardin. Le clocher-minaret-colombier dominant l'*urbanización*. Avec ces oiseaux blancs à becs roses, pavaneurs et roucouleurs, mais si gracieux...

Le *Puente Romano* aux constructions blanches. Notre studio... La table de cuivre repoussé, la terrasse fleurie, Màrie-Marie enveloppée dans une serviette de bain. Les cris et les rires d'enfants en provenance de la piscine... Une émotion bizarre m'oppresse. J'ai de la langueur plein le caberlot. Et cependant, on est si *cool*, ici.

Li Pût paraît, en robe de soirée, sous le dur soleil équatorial. Cette robe est de couleur marron glacé, avec des volants de dentelle d'un ton plus clair. Création exclusive d'un grand couturier romain.

— Que dirais-tu de ça pour ce soir ? me demande-
t-elle.

Ma mimique est expressive. Je ne lui dis pas que sa
peau et la robe constituent un mariage parfait,
suprême ! Elle est belle au-delà de toute description.
La fille la plus merveilleuse de ma vie, Lili Pute, pas
la peine de tergiverser.

— Dis donc, le Président est plus vieux que ses
artères, dis-je. Il a doublé de cap de Bonne-Espérance depuis lurette ; tu comptes le « neutraliser »
par commotion ?

— Non, autrement.

— On peut savoir ?

— C'est très astucieux, tu verras.

— Tu me fais languir.

— N'est-ce pas l'un des ingrédients du plaisir ?
Alors, O.K. pour cette toilette ?

— Tu n'en trouveras pas qui t'aille mieux, elle est
tellement parfaite qu'on dirait que tu es née avec.

Elle apprécie le compliment.

— Hasse a dû passer une nuit agitée, fait-elle. Au
réveil nous avions déjà notre carton gravé aux armes
des Etats-Unis. N'oublie pas qu'il est précisé là-
dessus que tu es attaché culturel français et que je
suis ta femme !

— Tu l'es ! appuyé-je.

Elle se penche sur moi. Ses deux seins à fleurs
ocre semblent me sourire dans le décolleté. Son
baiser vaut à lui seul davantage que les coïts de toute
la vie d'un couple moyen. Sa langue d'une folle
agilité me titille tout le pourtour de la bouche,
longuement, avant de s'insinuer, puis de se rétracter
pour encore revenir à la charge. Quand elle démarre
de la sorte, tu peux compter que, trois minutes plus
tard, nous sommes à l'établi. Déjà j'avance la main
vers son triangle des Bermudes.

— Attends que j'aille ôter ma robe, fait-elle, sinon elle ne sera plus mettable.

Je lui répondrais bien qu'elle, par contre, l'est, mais ça ferait peut-être trivial dans un livre de cette qualité.

Je l'accompagne dans la maison, la zézette en fête. Le cœur, lui, par contre, ne l'est pas.

Peut-être parce que j'ai pris l'une des dragées truquées que Lili Pute avait confectionnées pour duper le père Fou Tû Kong, tu crois ?

Après une nouvelle et éblouissante partie d'amour, et alors que nous sommes momentanément exténués, jetés sur le lit comme deux noyés sur une plage, je me pose la question.

« Pourquoi, hier, ai-je délibérément avalé une fausse gélule ? Et pourquoi, l'avant-veille, n'en avais-je pas gobé ; tout comme je me suis abstenu ce matin ? » S'agit-il d'une insurrection de mon corps qui refuse de se laisser investir par des stimulants de mauvais aloi ? Est-ce une séquelle de la pénible scène que j'ai eue, la semaine précédente, avec Bérurier ?

Si j'analyse mon état présent, je dois convenir que ma passion pour Li Pût est intacte, et tout aussi violent mon désir d'elle (je viens encore de le prouver) ; cependant quelque chose s'est modifié en moi, que je ne parviens pas à définir. C'est comme quand tu es à l'étranger, très loin de France, et que tu t'obstines à tripatouiller un poste de radio pour essayer de capter une station de chez nous. Voilà : je suis à l'écoute de mes racines. Mais je ne perçois rien qu'une sorte de brouillage confus pareil au bruit du vent dans les blés encore verts.

Dans l'après-midi, nous avons la visite de Fou Tû Kong. Un Blanc l'accompagne ; ou plus exactement

un rouge car le mec est rouquin comme un incendie
de forêt. Fringué comme l'as de pique quand l'as de
pique a décidé de nettoyer les bougies de sa bagnole.
Il porte un costume mao cradingue comme un train
de banlieue indien et sa barbe rousse laisse pleuvoir
des points de desquamation en surabondance. Tu
pourrais le suivre à la trace, tellement qu'il s'émiette,
le gazier.

Le vieux Chinois ne se donne pas la peine de faire
des présentations malgré la politesse de règle dans
son pays.

— Nous venons vous apporter les objets et les
indications complémentaires, fait-il.

Il se tourne vers le Cuivré et lui adresse un signe.
L'autre va ouvrir une sacoche de cuir à soufflets,
dénichée chez un brocanteur, car elle pourrait avoir
appartenu à Phileas Fog. Il l'ouvre en grand et, tel un
prestidigitateur en sort, tu sais quoi ? Un lapin. En
anglais, un *rabbit* (de cheval). Un gros lapin blanc
aux yeux et au nez rouge, comme les yeux et le nez de
Béru.

Il dépose l'animal sur un guéridon. Le lapin se met
à flairer le vide d'un air paterne. L'homme revient à
notre table. Il tire alors de sa poche un long fume-
cigarette d'ivoire, y introduit une cousue, l'allume et
puis se tourne en direction du rongeur.

On attend. On ne pige pas. Soudain, le lapin blanc
a un soubresaut et il tombe sur le flanc en agitant ses
pattes. Quelques spasmes et il se raidit. Mort.

— Joli ! apprécie Li Pût. Je n'ai rien vu, rien
entendu. Toutefois je suppose que ce fume-cigarettes
est une sarbacane, n'est-ce pas ?

— Exact, fait le rouquin dans un anglais au goût
étrange venu d'ailleurs.

Il retire la cigarette du fume-cigarette, l'écrase

dans le cendrier et élève le long cône d'ivoire devant le regard attentif de ma belle.

— Vous voyez le tout petit trou percé dans la paroi de ce fume-cigarette ?

— Je vois.

— Ça, c'est le canon de l'arme. Maintenant, vous apercevez ce minuscule point sombre à l'extrémité, côté cigarette ?

— Très bien.

— Ça, c'est le viseur. Lorsque vous fermez l'œil gauche, il faut que le point coïncide avec le centre de votre cible. Ensuite, vous serrez les dents sur l'embout qui sert de détente. Tout est calculé de façon à ce qu'il soit impossible de rater la cible une fois que le point sombre est inscrit dessus. Cette sarbacane contient huit projectiles. Il en reste donc sept présentement. Ces projectiles sont absolument autonomes, j'entends par là qu'ils se composent uniquement d'un poison liquide congelé à moins cent vingt degrés. Chacun d'eux mesure deux millimètres de long sur un demi de large et a une forme ogivale pour faciliter sa pénétration dans la chair. Un réservoir logé à l'intérieur du fume-cigarette les maintient à leur basse température. Le réchauffement du lancer et celui causé par la trajectoire n'abaissent celle-ci que de cinquante degrés. Après sa pénétration, le projectile met quatre secondes à fondre complètement et, selon les sujets, de six à dix pour provoquer l'arrêt du cœur. Il est impossible à identifier. Quant à la trace de l'impact, elle n'est pas plus grande qu'un pore de la peau. Là distance de tir ne doit pas être supérieure à cinq mètres, sinon le projectile risque de manquer de puissance. Je vous déconseille de doubler le tir. Ne le faites qu'après trente secondes de délai, ce qui signifierait que, contre toute attente, vous avez raté votre objectif ou que le projectile a percuté une surface dure telle que bouton, portefeuille, etc. Des questions ?

— Pas de question.

— Très bien. Cela dit, je préconise un essai avant l'usage.

— D'accord.

Le vieux Fou Tû Kong a suivi les explications de l'homme roux sans se départir de sa vaste sérénité. Il écoute en ayant l'air de penser à autre chose. Un léger sourire pareil à celui qu'on peut déceler parfois sur les lèvres d'un mort ou d'un être endormi, donne à son visage parcheminé une expression de grande sagesse. Il fait penser à une statuette d'ivoire. Li Pût m'a expliqué qu'il a passé le plus clair de son existence dans une minable officine de Hong Kong lui servant de couverture. De son antre d'alchimiste, il tirait les ficelles du *tong*. Mais depuis quelques années, certains de ses lieutenants ayant voulu faire sécession et le doubler, il a mis « de l'ordre » dans l'organisation secrète. Les mutins sont morts et il a pris les rênes directement. Il est monté au créneau à l'âge où d'autres s'enferment chez eux pour y mourir de vieillesse.

Lili Pute saisit le fume-cigarette avec précaution. Elle l'examine, puis, sans vergogne, trempe l'embout dans son verre d'alcool de riz pour le purifier car il vient de quitter la bouche du rouquin.

Nonchalante, elle le glisse entre ses dents.

— Faites très attention ! avertit le démonstrateur qui se trouve dans la ligne de visée. Si vous serrez trop fort les dents...

Elle sourit autour de l'objet. Se lève, gagne la terrasse. Celle-ci surplombe une ruelle fleurie. Li Pût s'accoude à la balustrade. Pendant un moment, on ne voit que sa croupe ensorceleuse. Nous la contemplons, pétris d'admiration, y compris le vénérable

Fou Tû Kong, malgré que son grand âge ait dû désamorcer son système glandulaire.

Les deux jambes bien parallèles grimpent à l'assaut d'un fessier exquis qui se lit comme du braille à travers la soie de son kimono.

Enfin, elle se redresse et revient vers nous, ondulante, le regard brillant entre la fente des paupières. Sa peau est si douce, si douce, qu'à côté d'elle, celle d'un bébé aurait l'air rêche.

— Compliments, dit-elle à l'homme roux. Mais vous vous trompez en déclarant que cette sarbacane ne porte pas à plus de cinq mètres.

Elle dépose le tube d'ivoire devant son verre.

Je me lève brusquement et fonce à la balustrade qu'elle vient de quitter. En bas, dans la ruelle, une grosse femme gît sur la chaussée. Quelques passants sont penchés sur elle. Alors un long frisson naît dans mes reins et se répand par tout mon corps, jusqu'à ma nuque.

Je rejoins le trio sans mot dire. Simplement, avant de me rasseoir, je brandis mon pouce en direction de Li Pût.

Mais comme ils paraissent attendre une autre manifestation de ma part que ce simple geste, je laisse tomber :

— Je pense que, demain, le Vice-Président des Etats-Unis sera devenu Président.

— Nous y comptons bien, assure Fou Tû Kong. Cela dit, les choses ne sont pas si simples. Avant d'obtenir le résultat escompté, il va vous falloir déjouer d'autres embûches. Vous savez que toutes les issues de l'ambassade seront équipées d'arcs de détection. Or, d'après ce que m'a dit monsieur, le réservoir logé dans ce fume-cigarette, qui contient et conserve les balles de poison à basse température, est fait d'un métal auquel les radars réagissent.

« Quand Li Pût franchira la porte, cela sonnera. On cherchera la cause, or les gens de la sécurité américaine sont méticuleux jusqu'à la maniaquerie, malgré l'innocence apparente de cet objet, ils sont capables de le démonter ; ce serait la catastrophe. Il faut donc introduire le fume-cigarette séparément. »

Il se tait pour reprendre souffle. Quand il parle, son ton un peu haletant est révélateur de sa vieillesse. Sa voix a beau être menue, elle est dispensatrice d'énergie, malgré tout. Faut qu'il se ménage, pépère, sinon il déménagera tout de bon.

— Je pense avoir trouvé le moyen de faire pénétrer ce fume-cigarette à l'ambassade.

Il se tait et se vaporise un petit coup de je ne sais quoi dans la clape pour se requinquer les soufflets.

Bouf ! Ça va mieux ! Le voilà qui repart.

— Le cuisinier de l'ambassade a commandé chez le meilleur pâtissier de la ville un énorme gâteau ayant la forme de la Maison-Blanche. Au sommet de l'édifice flottera un petit drapeau américain. Le fume-cigarette composera la hampe du drapeau. Le gâteau sera amené par deux livreurs. Evidemment, quand ils passeront sous le radar, la sonnerie retentira. Les deux livreurs déposeront le gâteau en deçà du radar et se laisseront alors fouiller. Ils auront sur eux d'innocents objets motivant la réaction de l'appareil. Lorsqu'on les en aura délestés, ils repasseront à travers le cadre magnétique et, comme tout sera alors normal, le tour sera joué. Certes, il pourrait se produire qu'on teste aussi le gâteau. Dans ce cas, l'attentat serait manqué, mais vous ne seriez du moins pas inquiétés.

« Cela dit, je pressens que tout ira bien, car l'un des deux livreurs sera un homme à nous, d'une adresse extrême. En déposant le gâteau, il fera choir le drapeau de manière à ce que si le gâteau doit repasser au contrôle, il ne sonne pas, personne n'ayant l'idée de tester le seul drapeau, vu sa faible dimension. Par la suite, le gâteau sera exposé sur la desserte de la salle à manger car il sera une espèce d'œuvre d'art à la gloire de cette réception. »

Fou Tû Kong prend dans sa manche très ample un étui de carton qui pourrait receler un thermomètre.

— Il y a là-dedans un autre drapeau tout pareil au premier.

Il me le tend.

— Votre rôle consistera à procéder à la substitution avant de passer à table, mon estimable ami. La chose est délicate, certes, car vous devrez agir à l'insu de tous ; mais je suis convaincu que Li Pût saura vous assister, soit en vous masquant, le temps de l'échange, soit en mobilisant l'attention au moment où vous agirez, ce qui ne lui est pas difficile étant donné son grand éclat. Vous devez réussir ! C'est impératif. Ensuite vous aurez toute possibilité pour remettre le fume-cigarette à Li Pût. Maintenant, nous nous sommes tout dit.

Là-dessus, il s'en refile une bonne giclée dans le gobe-mouches.

Le rouquin lui présente son bras pour l'aider à s'arracher du fauteuil. Mais le vieux, par coquetterie, le dédaigne et se lève.

Il s'incline devant ma Merveilleuse et lui dit en chinois :

— Il est des missions qu'on n'a pas le droit de rater et qui, lorsqu'on les réussit, vous ouvrent les portes du Troisième Niveau.

Pardon ? Qu'est-ce que tu dis ? Que je ne comprends pas le chinois ? Ben oui, et alors ? Ah ! je n'ai donc pas pu comprendre cette phrase ? Très juste.

Je reprends :

Il s'incline devant ma Merveilleuse et lui dit en
anglais :

— Il est des missions, etc.

Ça te va comme ça, tête de nœud ?

Tu vois, ce qui nous tue, nous autres, Français,
c'est notre cartésianisme.

Heureusement que c'est ce qui nous sauve.

LA GRANDE SOIRÉE DE SA VIE
(suite)

Le « M. l'attaché culturel »-X... (je me verrais encore mieux en « attaché d'embrassades ») est nickel, briqué, en ordre, quand il sort de sa résidence avec, au bras, la plus follement belle femme qui fut en ce monde depuis que notre mère Eve retourna chez ses parents après cette pomme de discorde avec Négrita, le premier rhum.

On a fait les choses en grand puisqu'une fuligineuse Rolls Royce nous attend. Je dirais bien une « magnifique » Rolls, mais ça ne serait pas assez superlatif. Alors, j'emploie fuligineux, parce qu'elle est noire et que fuligineux fait penser à vertigineux et aussi à folie ; et qu'enfin, merde ! je suis libre d'écrire ce qui me plaît, ne vivant ni chez Pine-hochet, ni en oignon soviétique. O.K. ?

Donc, une fuligineuse Royce nous attend, pilotée par un chauffeur en grande tenue, pas trop débridé, mais jaune quand même, tendance pamplemousse, si tu vois ?

Une vitre de séparation, à l'ancienne, nous isole du driveur. Lorsque j'ai rejoint Li Pût sur le cuir odorant, couleur champagne, du carrosse, je commence à comprendre ce que ressent ce grand glandeur de duc des Tambours quand il accompagne

l'Elysée-bête à ses sauteries, en se retenant de
rigoler, le pauvre biquet, lorsqu'elle affuble un
bonnet à poils.

Y a même plus que commak qu'il la voit encore à
poil, tu penses, archigrands-mères comme ils sont
devenus, les deux. Depuis le temps qu'elle a été
appelée araignée, c'est normal qu'elle ait des poils.
La mygale et la fourmi !

Notre Royce rollse à tout va par les artères
grouillantes de Singapour. La nuit n'est pas encore
tombée, mais comme déjà toutes les loupiottes de la
ville sont allumées, on a l'impression que si.

Li Pût me tient la main, puis me la lâche pour me
caresser la cuisse. Effet magique : mon bénouze
protubère.

— Si tu continues tes basses œuvres, plaisanté-je,
je ne vais pas être présentable en arrivant chez les
Ricains ; ou alors il faudra que je fasse comme
Bayard qui avait fait souder un tronçon de cheneau
devant la braguette de son armure !

Cette protestation (qui n'en est pas une, vraiment)
lui met les doigts en verve, comme écrit la pointe de
Duras. Ça tressaille dur, région kangourou. Il
devient vachement marsupial, l'Antoine. En attendant de goder ! Et soudain, malgré le confort de
notre palace roulant, nous sommes projetés en avant,
Lili Pute et mézigue. Un monstre coup de frein, puis
un choc.

Notre chauffeur s'écrie :

— Scrisssna diva ang kulé !

Ce qui, traduit de son dialecte j'nou, signifie : « Il
ne sait pas conduire, cet abruti ! » ou un truc
approximant.

Explication : une vieille camionnette exténuée
vient de piler sec devant nous et notre carrosse l'a
percutée.

Las, son plateau était chargé de seaux de peintu-
res, lesquels ont chu sur le capot de la Rolls ; l'un
d'eux s'est ouvert et notre pare-brise est aveuglé par
une large flaque brunâtre. Furax, le chauffeur déban-
quette pour aller aboyer dehors.

— Quel crétin ! s'écrie Li Pût, nous allons être en
retard, il nous faut prendre un taxi.

— O.K. ! Je vais essayer d'en trouver un !

Je sors à mon tour pour héler un bahut. Mais à
peine suis-je dans la rue qu'un type portant une
espèce de passe-montagne tibétain et des lunettes de
soudeur à l'arc se précipite à ma rencontre en
brandissant une boutanche de spray.

Je ne pige qu'il s'agit de spray que lorsque je vois
fuser du bec sommant le tube métallique un jet
vaporeux. L'effet est immédiat, un monstre vertigo
m'empare. Tout devient flou, c'est le fog londonien
plein pot ! Mes yeux me brûlent. Je chiale, je tousse,
je m'évertue, je chancelle, je titube (digestif).

Et puis des mains me happent, m'entraînent. On
me bouscule, je tombe sur des sacs. Je veux me
remettre droit, mais je suis à bord d'un véhicule qui
décarre et son démarrage me fait m'affaler (non, je
préfère écrire : me fait affaler, vive l'intransitif !
demandez l'intran !).

La giclée de gaz m'a chancetiqué, sans pourtant me
faire perdre connaissance. Je me dis : « On t'enlève,
Sana ! » Alors je me demande qui se peut-ce ? Et la
réponse me vient : « Cette vieille guenillerie déshy-
dratée de Fou Tû Kong, à n'en pas douter. Il n'a pas
confiance en moi. Il a fait semblant, à cause de Li
Pût, pour ne pas la braquer, mais il préfère me retirer
du jeu au dernier moment pour la laisser jouer la
partie toute seule. Ne va-t-il pas me gommer, du
temps qu'il y est ? Je tente de rouvrir mes vasistas,
mais ça me cuit trop. La lumière est un fer rouge. Je

m'agenouille tant mal que bien sur les sacs vides qui
dégagent une forte odeur chimique. La tire dans
laquelle je me trouve doit être vétuste car elle accuse
et amplifie le moindre cahot. De plus elle ferraille
comme une batterie de casseroles attachées aux
queues d'une meute.

Et brusquement, dominant le vacarme, un bruit de
détonation moelleuse, ample, fort, gras, superbe. Un
pet, puisqu'il faut l'appeler par son nom.

— Béru ? je murmure.

— *Yes, sir,* répond la voix familière.

J'attends un moment. Ma rassurance quant à mon
sort cède le pas à la colère :

— Qu'est-ce qui t'a pris, bougre d'abruti ! Arrête
immédiatement.

Je tâtonne pour stopper tout, prêt à faire du pas
beau si besoin est.

— Eh, calmos, l'artiss ! beugle le Mastodonte. Si
faut qu'j'vais t'faire t'nir tranquille, j'ai du répon-
deur, espère ! M'rest'z'encore su' la tomate l'praliné
Suchard qu'tu m'as accroché aux badigoinces, l'aut'
jour, chez ta Tonkinoise d'mes deux !

Mais son beau discours, mon cœur est las de
l'entendre. Mes forces revenant, à défaut de ma vue,
je commence à bordéliser dans sa tire.

Et alors, le Mastar s'emporte.

C'est moi qui le reçois ! A la pointe du bouc, je le
comprendrai plus tard. Pour l'instant, tout est *dark,
black,* noir, *schwartz.* K.-o. impec d'une netteté
impressionnante. Faut dire que ce gros lâche, dans
l'état où je me trouve, a eu tout loisir de l'assurer. Ça
dure peu, du moins en ai-je l'impression. Mon
premier mot est :

— Fumier !

— D'accord, on lu écrira ! ricane le Gros.

Pour m'indiquer à quel point il prend cette insulte en considération, il trouve une rime au pet par lequel il a décliné son identité naguère.

— Un conseil qu'j'te donne, Bébé rose : arrête d'énergumer, qu'autr'ment sinon, je te fais rebelote !

La voix bêlante de Pinaud se joint à celle du Monstrueux :

— Ne t'agite pas, Antoine ; tout va bien aller, je te promets !

— Tout va bien aller ! Alors qu'on va bousiller le Président des Etats-Unis.

— Complètement dans les vapes, soupire Béru. Tu crois qu'j'y remets une aut' dose d'osselets, César ?

— Ah ! non, ça suffit ! Vous n'allez pas passer votre temps à vous massacrer mutuellement ! égosille la Pinasse.

Bérurier ronchonne. Moi, je m'efforce au calme.

— Où allons-nous ? demandé-je.

— On a loué un coinceteau pépère, répond Alexandre-Benoît. Une ancienne usine de crevettes.

— C'est pour cela que tu pues le crustacé !

— J'voye pas pourquoi t'est-ce j'puerais le crustacé étant donné qu'y s'agissait d'crevettes ! T'es vraiment à la masse !

Réalisant que cet infâme goret me juge dingue et qu'il ne demande qu'à me biller dessus, je décide de la boucler et de récupérer l'usage de ma vue.

Mon mouchoir m'y aide, de même que mes larmes purificatrices.

Je suppose que Li Pût doit se rendre à l'ambassade américaine toute seule, malgré que ce soit moi qui aie le carton d'invitation. Elle va leur déballer une fable expresse, là-bas. Comme ils ont la liste des invités, les gars chargés du filtrage la conduiront probablement jusqu'à Hasse et Dorothy qui l'accueilleront.

Il va y avoir tout un bigntz dans le grand salon,
avant le repas. Les présentations, les salamalecs.
Champagne et bourbon pour tout le monde !
Ensuite, la bouffe. Et puis les toasts, les jactances...
Des heures avant d'en arriver au café et de pouvoir
décemment allumer une cigarette. J'ai le temps. Pas
d'affolement, Antoine. L'Amérique te regarde au
fond des châsses.

Un portail de fer rouillé. Des bâtiments de briques
noircies, couverts de verrières saccagées. Et l'odeur !
Dieppe, Fécamp olfactivement regroupés dans ces
immenses locaux promis aux bulldozers à très courte
échéance.

Je recommence à voir clair, ce qui est façon
d'exprimer car la nuit, cette fois, est à pied d'œuvre
et il fait sombre dans ces ruines comme dans des
catacombes.

Les deux portières arrière de mon véhicule s'ouvrent. Je descends, soutenu par Béru.

Alors, à travers le brouillard ténu qui continue à
m'ouater les gens et les choses, comme l'écrivait si
bien Baudelaire à sa concierge, je distingue une
forme gracieuse qui s'approche de moi. Et puis deux
bras se nouent à mon cou. Une voix passionnée
s'écrie :

— Oh ! mon amour, mon amour, comme tu es
long à revenir quand tu vas rendre visite à une dame.

« Une fois mort, on se nourrit de soi-même »,
comme le dit mon cher Scutenaire, qui aura fait
davantage pour la Belgique que le roi Boudin et
Eddy Mec réunis. Et il dit encore, ce cher vieux génie
belge : « L'âge use la laideur, comme il use la
beauté. »

Et tu me croiras pas ou t'iras te faire engoncer chez
les Zoulous, mais c'est à lui que je pense au moment

somptueux où Marie-Marie se plaque à moi ; à lui qui « se désintéresse passionnément de tout ». A lui, le grand sage à la bienveillance féroce qui règne sur Bruxelles, et les Bruxellois l'ignorent. La meilleure histoire belge, je vais te la dire, c'est la plus terrifiante de toutes : « Il est une fois Scutenaire et les Belges n'en savent rien. » Et les Français non plus. On est juste une poignée avec Isy Brachot qui fait l'essentiel puisqu'il le publie. Il dit tout, mais par brèves giclées, Scut. Il sait la vie, la mort, l'avant, l'après, ma bite, la tienne, l'amère patrie, le surréalisme, les frites, les cons, les mœurs, les larmes et la façon dont, chez lui, il doit éteindre au rez-de-chaussée avant d'éclairer au premier pour ne pas faire sauter le compteur électrique.

Quelle idée de te parler de lui à cet instant culminant de mon action épatante ? T'amener un génie dans mes calembredaines, je te jure, faut pas craindre !

Et donc, en refermant mes bras sur le dos de Marie-Marie, ça fait comme le bateau qui arrive à quai et dont le flanc comprime les gros pneus formant buttoirs. Qui chantera un jour la seconde vie des pneus ayant cessé de rouler ! Ces pneus lisses, fendus, meurtris qui, après avoir été souvent les auteurs d'effroyables chocs finissent leur carrière en amortissant ceux des autres !

Et donc, reprends-je, je la retrouve contre moi, cette obstinée amoureuse, cette éperdue de tendresse, cette folle de moi, cette intrépide de la passion aveuglée, portée, galvanisée par l'amour farouche qu'elle me porte depuis son âge tendre. O Marie-Marie, ma Musaraigne impertinente, ma gouailleuse, ma walkyrie ! Je te retrouve.

Mon émotion est si forte que je pleure, ce qui ne

m'est guère difficile avec la saloperie que son con
d'oncle m'a vaporisée dans les carreaux.

— Je savais, je savais, balbutie-t-elle. Je savais
que ce serait comme ça. Que tu étais en état second,
drogué ou envoûté, je ne sais, mais plus du tout toi-
même.

Bon, elle savait. Je n'ai donc pas à ajouter grand-
chose. Oui : je prenais des dragées chinoises. Mais,
par un effort de mon subconscient, j'ai cessé de les
avaler, triché. Et puis je me suis récupéré. Mais j'ai
continué de « faire semblant » car il se prépare un
très vilain sale coup : on va buter le Président des
U.S.A. Il faut interviendre ! Vite ! Fissa ! *Quickly !* Se
manier le pot, se grouiller, se bouger les meules ! Le
compteur tourne ! Attendez, bougez plus, fermez vos
gueules, je gamberge. Le moyen d'éviter le drame ?
Sans aller au caca ! Le moyen de... Bon ! J'ai trouvé.
Ecoute, Marie-Marie... Voilà ce que tu vas faire...

J'achève de me tamponner les lotos. Ma vue est
redevenue potable, ma gamberge tourne à cinq mille
tours. Bérurier sort une bouteille d'alcool de riz de sa
poche. Un gros flacon plutôt, rond, avec une éti-
quette chamarrée où c'est rédigé non seulement en
chinois, mais de surcroît en doré, ce qui va bien
ensemble. Les chichines, le noir laqué, le lie-de-vin
et le doré constituent leurs couleurs de prédilection.

Sa Majesté s'entifle une rasade de docker, clape
fort et assure :

— Au début, ça a l'goût d'la merde, mais on s'y
fait. Je t'off'un'rincelette, l'artiss ?

L'artiss' remercie. Non, non. Pas le moment de
biberonner. Par contre, le père Pinuche tend la main.
Il a remarqué que ça ne chahute pas son ulcère,
l'alcool de riz ; lui qui, cependant, ne supporte bien
que le muscadet.

Alexandre-Benoît me donne une bourrade.

— J'sus t'heureux d'te retrouver en ord'd'marche, Tonio. Toujours t'fout' sur la gueule, ça d'venait une cure d'ciné ! C't'sauteuse qui t'a rendu pincecorné, j'la tiendrerais, j'y f'rais enfler la gogne à coups d'mandales ! Un mec comm' toi, av'c un' fille comme elle...

— C'est horrible ! complété-je.

— Textuel, gars !

Marie-Marie revient de la cabine téléphonique, songeuse.

— Tu as pu avoir Swan, l'ambassadeur ? j'y demande.

— Non. On m'a répondu qu'il était impossible de le déranger.

— Alors ?

— Alors j'ai demandé à parler au chef de la sécurité du Président. Et là, j'ai eu un type qui prétendait être son adjoint.

— Que lui as-tu dit ?

— Qu'un énorme gâteau représentant la Maison-Blanche avait été livré dans l'après-midi à l'ambassade et qu'il fallait immédiatement le faire passer sous l'arc de détection. Il m'a répondu que la chose avait été faite et a voulu savoir qui j'étais. Je lui ai répondu que je tenais à garder l'anonymat et je l'ai supplié de refaire subir le test au gâteau, en lui jurant qu'il y allait de la vie du Président.

— Et alors ?

— Il m'a dit qu'il ne pouvait prendre en considération un appel anonyme.

— Et ralors ?

— Je lui ai objecté que, pour les alertes à la bombe, on paralysait le trafic d'un aéroport sans que le correspondant ait besoin de préciser son identité.

— Et reralors ?

— Il a raccroché.

— Tu penses qu'il ne t'a pas crue ?

— Je suppose qu'il estime avoir affaire à des farceurs, le côté gâteau, tu comprends ?

— Alors, il faut que j'aille là-bas.

Marie-Marie joint ses deux mains.

— Oh ! non, Antoine ! Si tu retournes auprès de cette femme, je ne te reverrai plus. C'est le démon en personne. Et puis, ils vont passer à table. Tu ne peux arriver en retard dans un dîner officiel de ce niveau, ça ne se fait pas ! On a dû d'ailleurs retirer ton couvert.

Je la biche aux épaules et plante mes châsses dans les siens.

— Je viens de sortir du tunnel, Marie-Marie, le rêve dans lequel on m'avait embarqué a cessé, je suis tout à fait lucide, crois-moi. Lucide au point de savoir où est mon devoir et de vouloir l'accomplir coûte que coûte.

Bien jacté, non ? Je propose à mes exégètes de découper cette phrase pour la placer en bonne place dans les bouquins qu'ils me consacrent.

— Il a raison ! renchérit Béru. Dans not' job, ce qu'il faut c'est qu'il faut pas déclarer forfaiture, aut'ment sinon, c'que t'asperges dans la glace d'ton miroir en t'rasant, ressemb' à mon cul comme deux couteaux !

LA GRANDE SOIRÉE DE SA VIE
(fin)

Le taxi m'arrête (de poisson, des fesses, publique, etc.) à dix mètres de l'ambassade illuminée et décorée de drapeaux américains, chinois et japonais.

Ayant remis de l'ordre dans ma mise, je m'avance d'un pas ferme vers les *marines* impressionnants qui en gardent (meubles, champêtre, meurt-mais-ne-se-rend-pas, etc.) l'entrée.

C'est alors que deux personnages s'interposent. En lesquels je reconnais Kou d'Ban Boû et son acolyte déjà vu dans la propriété malaise de Li Pût.

Le maître Jacques de ma Merveilleuse est joyeux comme un qui attend dans le salon d'un cancérologue avec ses radios sous le bras. Ce soir, il est à ce point jaune que je me demande si son cas ne se compliquerait pas d'une jaunisse.

— Où étiez-vous ? demande-t-il sèchement.

— J'ai été enlevé.

— Par qui ?

— Mes ex-compagnons que vous avez déjà vus. Des obstinés, hein ?

— Et ils vous ont libéré ?

Je lui montre mon poing.

— Une fois encore, j'ai fait ce qu'il fallait pour ça.

— Suivez-nous.

— Pas question : on m'attend à l'ambassade.

— Il est trop tard, Li Pût se passera de vous.

— Je ne laisserai pas ma bien-aimée seule dans ces circonstances délicates.

— Suivez-nous, sinon vous êtes mort.

Il a un geste du pouce pour m'inviter à regarder son pote ; ce que je décide de faire après m'être concerté pendant une bonne seconde au moins. Le vilain tient *Singapour Soir* roulé dans sa main droite. On aperçoit un morceau du Président avec son toupet à la con de vieux glandeur tenu par de multiples couches d'amidon. Mais, dépassant du journal, j'avise la corolle noire d'un silencieux.

— Vous voyez ? demande Kou d'Ban Boû.

— Oui, je vois, c'est un modèle italien, non ? Celui qui s'adapte au Beretta Spécial. Bon, votre scout me lessive, je deviens un gros paquet de viande sur le trottoir, et pour vous, dans ce cas, c'est quoi l'avenir immédiat ? Vous n'avez peut-être pas remarqué, mais il y a plein de *marines* sur le pied de guerre ; on se croirait dans un élevage. Si vous prenez la fuite, y en aura sûrement quelques-uns qui feront des cartons sur vous. Ces mecs, on les a tellement conditionnés qu'ils flingueraient une mouche posée sur le nez de leur maman, d'accord ?

— D'accord, mais ce que vous ignorez c'est que l'arme de mon ami ne tire pas des balles ordinaires. Vous ne tomberez pas tout de suite. Quand vous vous écroulerez, nous serons déjà dans une des voitures qui nous attendent ; il y en a plus de six réparties dans le secteur. Alors, venez !

— O.K., je viens...

Il marche devant, son gazier reste à mon côté, gardant le baveux fourré mortibus dirigé vers moi.

Alors, l'Antonio, tu vas voir comment qu'il s'est récupéré cinq sur cinq, le mec ! Je pense qu'on m'a fait prendre des cigarettes et un briquet pour, tout à l'heure, garnir le fume-cigarette de Li Pût et lui allumer sa tige. Tout en marchant, je sors une sèche du pacsif, la glisse entre mes lèvres, bien que je ne fume que des Davidoff *number one,* puis l'allume avec le briquet. Gestes qui paraissent routiniers.

Ayant terminé, je me rapproche un peu plus, sans en avoir l'air, du gars qui me couvre, et, sans même qu'il s'en aperçoive, je fous le feu à son canard. En trois secondes, *Singapour Soir,* imprimé sur du faf en feuilles de riz devient une torche. L'homme le lâche en poussant un cri car ses salsifis sont brûlés. Bibi se penche, shoote de toutes mes forces dans l'incendie miniature. Le pistolet, telle une plaque de palet, s'en va se perdre sous le flot de la circulation.

Imperturbable, je retourne à l'ambassade et montre mon carton à ces messieurs. Je n'accorde même pas un regard à mes tagonistes. Tant pis s'ils ont une autre seringue de rechange et m'ajustent à distance. Cela dit, la décarrade de l'ambassade, en fin de soirée, risque de pas être triste ! J'aurai des supporters à la sortie, fais confiance ! Mais enfin, comme l'a écrit je ne sais plus qui (qui est un homme très bien) : « Plus tard c'est le futur et maintenant c'est le présent », en vertu de quoi, je m'occuperai de plus tard quand il sera devenu maintenant.

Ambiance extra. Y a plein d'huissiers, d'officiers avec des galons qui leur grimpent jusqu'au coude, de larbins en spencer (marque Tracy, tombée dans le dolman public) blanc. Un fort brouhaha provient de la salle à manger.

Le chef du protocole à manger de la tarte m'intercepte comme quoi vous devez comprendre, Excellence, que, bon d'accord, vous avez eu un accident de voiture, mais il n'est plus envisageable de rajouter un

couvert maintenant que les hors-d'œuvre sont déjà
bouffés, vous allez devoir attendre dans le petit salon
que voilà, on vous y servira un casse-dalle sur
assiette, le côté clube-sandouiche, en attendant le
café, qu'alors seulement vous passerez dans le salon
d'apparat.

Je réponds : « gi go ! » Re-m'excuse de ce retard
indépendant de ma volonté, et tout ça...

Pendant que le gus jactait, je lorgnais par la porte
chaque fois qu'elle s'écartait pour livrer passage aux
loufiats. J'ai eu une vue d'ensemble de la tablée
féerique. Les trois pôles (dirait Béru) étant pour
moi : le Président, Li Pût et le gâteau. Je suis
parvenu à les situer. Le gâteau est au fond, bien
pimpant sur sa desserte d'acajou, le gâteux se tient au
centre de la table, naturellement, et Li Pût, fort
heureusement, du même côté que lui. Je dis heureusement car, en admettant qu'elle ait l'opportunité de
sortir son fume-cigarette avant de quitter la table,
elle ne pourrait l'utiliser. Me reste plus que d'attendre.

L'heure des toasts arrive enfin. Le Premier ministre japonais dit tout bien comment que ç'a été
merveilleux, cette bombe d'Hiroshima qui a cimenté
les liens entre le peuple ricain et le peuple japo-
nouille et que désormais, la *hand* dans la *hand,* ils
s'en vont vers l'avenir, les deux. Après, y a le
Premier ministre chinois qui explique qu'ils ont pas
d'idées, mais la bombe atomique et plus d'un milliard
de citoyens et que les Russes, dites, faudrait tout de
même pas qu'ils leur fassent trop chier la Mongolie.
Pour finir, le Président ricain annonce qu'il est pas
venu à Singe-à-porc (c.d.B.) pour se faire soigner la
prostate, mais pour jeter des bases nouvelles dans
l'aube prometteuse des lendemains triomphants, si

vous mordez ce qu'il veut dire ? Que lui, son programme, c'est de compléter le danger nucléaire par le
péril jaune promis de tous les temps. Il explique que
si ça se met à péter, pas de panique : Chinois et Japs
n'auront qu'à faire la guerre, lui il s'occupera du
reste. Il est vivement applaudi ; et je pense qu'il y a
de quoi, un homme de cette trempe, entièrement
remis à neuf par les meilleurs médecins-décorateurs
des Etaux-Zunis !

Là-dessus, la gent larbine ouvre à deux battants les
portes du salon, et les convives, les cons vivent, vive
les cons, commencent de s'y pointer.

Je m'y trouve déjà, guettant la surgissance de Li
Pût.

Ma somptueuse paraît dans les derniers.

Son fume-cigarette entre les dents.

Je ressens un choc ! Une décharge à haute tension.

L'admiration me ravage de nouveau. Je suis sub-
mergé par sa splendeur triomphale. Elle est unique.

En m'apercevant, elle a un léger, presque infime,
tressaillement.

Je m'approche d'elle.

— Je suis fou furieux, lui dis-je.

Et je lui narre le vilain tour que m'ont joué mes
potes.

Tout en parlant, je me dis :

« Il faut que je lui prenne cette arme terrible. »
Mais elle la garde entre ses dents. Je surveille sa
mâchoire, appréhendant qu'elle se crispe. Elle paraît
sur le qui-vive, Lili Pute. Croit-elle à mes explications ? Mon ton de sincérité devrait la convaincre,
pourtant. Mais cette péripétie est tellement grand-
guignolesque (je ne me le fais pas dire !) qu'elle doit
subodorer du louche.

J'ai un geste à faire. Il doit être fulgurant comme le

coup de langue du caméléon quand il gobe une
mouche. Un geste en attrape-mouche, justement,
pour lui ôter le fume-cigarette. Je sais qu'elle ne m'en
laissera pas le temps. Elle mordra l'embout avant que
je ne l'aie achevé. Elle y est prête, car cette
diabolique fille *devine* mes intentions.

— Tu n'as pas eu trop de mal à récupérer le...
l'objet, dans le gâteau ?

— Non, j'ai même pu le faire avant de pénétrer
dans la salle à manger, grâce à cette idiote de
Dorothy qui a voulu me faire admirer la table avant
qu'on ne s'y rende. Bien m'en a pris, d'ailleurs.

— Pourquoi ?

— Parce qu'au début du repas, des serveurs sont
venus chercher le gâteau. Ils l'ont emporté, puis
ramené au bout de quelques minutes, le temps de le
tester.

— Tu crois ?

— Evidemment que je le crois. Les services de
sécurité ont dû recevoir un coup de fil de toi leur
recommandant de passer le gâteau sous l'arc de
contrôle.

— Tu es folle !

— Mais non, chéri, je ne suis pas folle. Alors tu
vas t'écarter de moi. Va te placer derrière le grand
canapé, là-bas, pendant que je ferai mon travail.
N'oublie pas qu'il se trouve à moins de cinq mètres.
Ne dis rien, ne tente rien, sinon je commencerai par toi.
Il reste six projectiles dans ce magasin.

« Si tu te tiens tranquille, peut-être t'épargnerai-
je, par amour. Tu auras été la folie de ma vie, je te le
répète pour la dernière fois. Mon unique faiblesse !
Cela dit, t'épargner ne servira à rien, car les gens du
tong ne te laisseront jamais repartir. Je ne pense pas
que tu voies se lever le jour. A présent, fais ce que je
te dis : il est temps que j'agisse, la période café-

liqueurs ne dure jamais très longtemps dans ces repas officiels. »

Tout ça, à lire, je m'en rends compte, ça n'a l'air de rien. C'est des mots, du blabla. Seulement t'aurais la gonzesse en face de toi, sa sarbacane aux lèvres, rappelle-toi, Eloi, tu pâlirais des noix. Elle est aussi terrifiante qu'elle est belle, Li Pût. On a déjà parlé de démon à son propos. Bon, ben on a tout dit. Elle *est* le démon. Une démone, plutôt, telle qu'on peut l'imaginer : somptueuse et vénéneuse, chatoyante et implacable. Enfin, t'as compris.

J'ai toujours des doutes avec toi. Quand je te regarde et que je croise tes yeux, j'ai chaque fois l'impression de visionner un morceau de gruyère en train de couler. Ça m'angoisse, tu comprends. J'ai les boules, de noires inquiétudes. Je tente de déterminer l'à quel point t'es glandu ; le jusqu'où elle va, ta sottise. Des fois, j'ai espoir ; je reprends courage. Je me dis, bon, il est pas aussi courageux qu'un toréador ou qu'Alain Prost, mais enfin, il va pas jusqu'à la diarrhée verte ! Il lui reste du bon, quelque part. Ses relents, c'est de type congénital ; lui, le pauvret, il est comme ma pomme, il fait ce qu'il peut ! Je suis moins impitoyable que tu crois, tu sais. J'ai des élans, des mansuétudes, de bonnes bouffées. Je t'avale pas tout cru, mais te garde en bouche un moment comme les tasteurs de vin. Goulougou. Eux, y recrachent. Je t'ai jamais recraché. Dégueulé, parfois, quand trop c'est trop, mais recraché, jamais. La dégueulanche est involontaire, c'est question de spasme. Recraché, c'est délibéré. Tu me suis ? Je t'aime à ma façon. Elle en vaut une autre ; et même elle est préférable à une autre car elle est en connaissance de cause.

Et ma Li Pût au regard étrange, en code mais brûlant, ne me lâche pas. Elle est à quatre mètres du

Président, lequel palabre comme un cow-boy chez les shérifs au milieu d'un cercle d'invités.

Il raconte pas l'histoire de la diligence attaquée par les Sioux au Premier ministre chinois, mais toutes les vilaines ogives qu'il va braquer sur les Ruskoffs, bien les faire chier, qu'attention ! calmos ! T'en lâches une, j'en lâche deux. Concours de pets !

J'analyse posément (mais en quatre secondes deux dixièmes) la situasse. Critique, telle est ma conclusion intestinale, je veux dire mon occlusion intime.

Une crispation de mâchoire et il en est fait de moi, ou bien du Président, voire des deux à la suite. Tac, tac ! Fini. Le temps de la confusion, du brouhaha, et la superbe se débarrassera de son fume-cigarette. Pas de cicatrices apparentes. Pas de traces ! Certes, deux morts à la fois, ça fait bizarre, bizarre, mais rien ne sera prouvable. Je suis certain qu'elle a déjà songé à la manière d'évacuer son fume-cigarette. Peut-être l'enfoncera-t-elle dans la terre de cette plante en pot, près de la baie ? Ou bien le dévissera-t-elle pour le glisser dans sa tasse de café ? Elle sait ! Je ne fais que subodorer.

Maintenant que j'ai récupéré mes esprits, mon énergie, ma volonté, mon sens du devoir et tout le bordel à cul qui fait d'un homme un flic, je suis décidé à m'interposer. A empêcher cela. Comment ? Si je crie la vérité, je serai clamsé avant d'avoir achevé le premier mot. Impossible de risquer un geste. Alors ? Vite ! Vite, ça urge ! Mais quoi ? T'es devenu sec comme des amandes grillées, Tonio ? Elle t'a épongé toute la moelle en même temps que le foutre, cette exceptionnelle ? Il te reste que dalle ! T'as plus de phosphore, Théodore, cherche des allumettes !

Pour lors, vaut mieux ne plus penser, s'abandonner à des instincts incontrôlés ; laisser faire mon corps puisque mon esprit affiche « relâche pour répétitions ».

Et tu sais quoi ?

Je murmure :

— Je t'aime, Li Pût.

Regard noyé. Je dois être plus bouleversant que M. Jules Eglise quand c'est qu'il chante avec sa voix de velours et l'accent espanche : *Vous, les gerces*.

On s'imagine que le regard d'un Asiatique est impénétrable parce qu'il est très étroit et oblique. En fait, ce qu'on en capte est d'une intensité beaucoup plus forte que le regard d'un commis charcutier allemand, par exemple. Ou que celui de M. Fouchetrifouchetra, qui tient un bistrot-charbon à Montrouge.

Le sien réagit à ma déclaration. Elle m'aime intensément. Il faut que je la captive ainsi. Y aller à la flûte de Pan et de turlupanpan !

— Tu es l'extase en vie, ma chérie. Rien n'est plus doux que la peau de ton ventre. Quand je regarde ta bouche, j'ai l'impression de plonger dans l'infini.

Elle reste immobile.

L'oiseau devant le serpent.

— Ce que nous avons vécu est plus sublime que le lever du soleil sur un paysage d'île des mers du Sud. Nos griseries furent ensorcelantes. Nous avons, toi et moi, chérie, dépassé de très loin les limites du plaisir. Aucun chant d'oiseau ne fut aussi mélodieux que le chant de notre silence quand, épuisés, nous restions plaqués l'un à l'autre après l'amour. Tu peux me tuer, chère miraculeuse créature, la mort, reçue de toi, sera un dernier délice.

Toujours cette langueur dans ses yeux qui ressemblent à des pépins noirs.

— Rien qu'à te parler, l'envie de toi me reprend, plus impétueusement que jamais. Si tu en doutes,

regarde ma partie australe, tu y découvriras une
protubérance qui t'appartient. Elle constitue un
adieu, Li Pût. Je meurs dans l'émoi de toi ! Merci.
Tiens, je te propose un adieu original. Je vais aller
dans l'embrasure de cette fenêtre, là-bas. C'est le
coin désert du salon. Je me mettrai derrière le rideau
et je te dédierai pour la dernière fois ce fruit de ma
passion.

Ai-je su créer « l'enchantement » ? Ne va-t-elle
pas me flécher séance tenante pendant que je suis de
dos ? Dans ces grands dîners super-heurff, tout le
monde entoure les « vedettes » de la soirée. Les
convives se mettent en essain comme pour une mêlée
de rugby. Ils veulent tellement « en être », approcher l'élu pour capter un peu de sa gloire !

Je m'embusque donc dans le renfoncement. Li Pût
n'a pas changé de place. Tournée dans ma direction,
elle continue de me fixer. Alors, mézigue, le cosaque
de l'exploit, y va de sa séance de gala. Je dénoue ma
ceinture de soie, je glisse ma main droite à l'intérieur
de mon bénouze. De la gauche j'abaisse la menue
tirette de mon décolleté en continuant de fixer Lili
Pute, toujours immobile à cinq mètres de moi.
Personne dans le secteur, heureusement ! T'imagines
la frite des serveurs s'ils me voyaient comporter
ainsi ? La môme, elle est glandulaire aux extrêmes !
L'amour n'est pas simplement sa profession, mais
aussi sa profession de foi. Elle suit mes mouvements,
impassible en apparence, mais fascinée.

Et il va faire quoi, l'Antonio retrouvé ? Pleinement
soi-même enfin après cette longue période de semi-
léthargie ! Hein, il va faire quoi, notre bel Antoine
inexténuable ? Le martyriseur de matelas, le déla-
breur de sommiers ! Celui qu'on a surnommé la
Baratte dans les milieux bien informés, et bien
formés ! Il va sauver deux vies, tout simplement,

mister commissaire. La sienne, ce qui est terriblement important, et celle du Président U.S., ce qui
n'est pas négligeable non plus. D'autant qu'ils l'ont
remis à neuf y a pas huit jours, le chéri. Pacemaker
dernier cri, Pampers à long rayon d'action, dentier
vérifié au marbre, cheveux en polyester implanté,
visage déridé au Sanantonio suractivé, le tout laqué
selon la méthode des ébénistes de Louis XIV après
avoir été retouché par les peintres qui ont rafraîchi le
plafond de Saint-Pierre de Rome ! Autant dire qu'il
ne s'agit pas seulement d'un homme d'Etat, mais
également d'une œuvre d'art, quoi, merde !

Et comment t'est-ce qu'il va-t-il sauver ces deux
superproductions du genre humain, notre héros ?
T'en as pas la moindre idée, hein ?

Là, je te vote des circonstances exténuantes
(c.d.B.), biscotte il te manque un élément important,
une chose que je voulais pas te causer avant le
moment propice, de crainte de te mettre sur la voie
comme un simple cheminot. Tout à l'heure, lorsque
je suis entré après être passé sous l'arc de détection,
un gusman de la sécurité s'est occupé de moi, je te le
rappelle. Comme il était en spencer, il avait logé son
flingue extra-plat dans la poche intérieure du veston
court. Au moment de me servir un plateau, au petit
salon, comme ce n'est pas son job, il a fait preuve
d'une gaucherie qui a justifié mon intervention. J'ai
profité d'icelle pour calotter son feu. Du gâteau ! Il
doit sûrement être prompt à dégainer, l'artiste, mais
il peut aller encore suivre des cours du soir pour
apprendre à ne pas se laisser soulager comme un
plouc à la foire aux bestiaux. Donc, son riboustin est
devenu le mien. Comme il est peu encombrant, j'ai
prié mes testicules de lui faire un peu de place et l'ai
logé dans l'aumônière de mon Eminence.

Je l'empoigne en loucedé, kif s'il s'agissait de Dom

Platano. C'est pas la première fois que je flingue
quelqu'un de bas en haut. Il m'est déjà survenu de
tirer à travers ma poche. Mais par la braguette, non.
Cette délicate meurtrière ne permet pas de viser avec
soin. Si j'étais Buffalo Bill, voire son petit-fils, je te
dirais que je vais lui faire sauter le fume-cigarette des
lèvres. Ce serait te berlurer pour des quetsches. Non,
impossible ! C'est bien sur la fabuleuse Li Pût que je
dois défourailler. Sacrilège ! Je porte atteinte au plus
noble ouvrage de la nature. Foutre des coups de
rasoir à la Joconde serait pure gaudriole à côté ! Mais
quoi ? La vie, c'est le choix du moindre mal. Elle ou
nous. Elle mate l'endroit où je protubère. Un léger
sourire que je lui connais bien retrousse la commis-
sure de sa bouche (à droite). Son ultime sourire !
Adieu, Lili Pute ! Ma sauvage, mon étourdissante
rencontre ! Adieu, celle qui m'aura appris qu'il est
toujours possible de se dépasser.

   Le canon remonte. Inutile de calculer l'angle, je le
connais d'instinct. Ma main sait déjà. Elle a retrouvé
son louche professionnalisme. Mon index se cale sur
la détente. Il doit être bien posé pour, lorsque je
tirerai, ne pas faire broncher le feu. Allez ! Il est
temps !

   C'est alors que l'inattendu s'opère. Ça dérangerait
tes convictions anti-religieuses si j'appelais ça un
miracle, toi ? Parce que, franchement, je ne vois pas
de mot mieux approprié. N'est-ce pas absolument
miraculeux qu'un maître d'hôtel s'interpose tout à
coup entre Li Pût et moi afin de lui proposer l'une
des tasses de caoua dont son plateau est garni ?

   Pour lors, je ne prends pas le temps de refermer
mon futal et je me rue sur lui. Il est catapulté sur Li
Pût, son plateau valdingue sur la belle robe de ma
compagne. Inondée de breuvage brûlant, Lili Pute
pousse des cris. On n'a jamais hurlé avec un fume-

cigarette entre les dents. La confusion gagne. Les ambassadeurs déplorent ! Le Président s'en fissure le vernis frais autour des yeux ! Personne n'a suivi ma manœuvre, y a que le pauvre maître d'hôtel qui proteste.

— J'ai glissé sur le parquet ! lui dis-je sèchement, vous n'allez pas nous en remplir un jerrican, non ?

Il se le tient pour dix, ce qui lui fera du profit ! La mère Dorothy drive Li Pût dans ses appartements pour tenter de rectifier un peu le désastre. Avant de quitter la pièce, Lili Pute me fixe intensément. Pas de haine dans ce regard, plutôt une vague admiration et, mais il se peut que je me fasse mousser la gamberge, du soulagement. Son premier échec ! Ça va bastonner dur en haut lieu.

Tandis qu'elle s'éclipse, moi j'en profite pour mettre les adjas. Avant de sortir, je frappe sur l'épaule du mec de la sécurité auquel j'ai secoué le tromblon.

— Mande pardon, je lui grommeluche, vous n'auriez pas perdu votre plumeau en faisant le ménage ?

Et je lui présente son composteur, heureux qu'il m'eût été inutile. Le gars le renfouille prestement, malgré tout, l'arc de contrôle réagit quand je le franchis, mais comme je pars, onc ne m'arrête.

Mon cœur se serre quand je quitte l'ambassade, car j'y laisse Li Pût, et il est probable que je ne la reverrai jamais.

J'étais prêt à la buter, il y a cinq minutes, je sais bien, mais quand on est un grand sentimental, on a des réactions qui tirent des bras d'honneur à la logique.

SON AVENIR

— Bonsoir, messieurs, dis-je aux *marines* et autres *G'men* groupés devant l'ambassade.

Ils me regardent comme te visionnent les vaches à grosses cloches s'en revenant de transhumer.

Tu sais, je ne me fais pas trop d'illuses. Je sais pertinemment que je suis attendu.

Et je le suis, fectivement.

Par mon trio magique d'abord, installé dans un Kamasoutra 69 dont Marie-Marie tient le volant. Ils sont stationnés à cinquante mètres en amont, guignant ma sortie. La Musaraigne décarre en m'apercevant.

Mais une seconde bagnole, plus prompte, s'interpose. Une Rolls couleur d'ambre. Dedans, trois personnes également : Fou Tû Kong, à l'arrière, Kou d'Ban Boû à l'avant, à côté du chauffeur. Il descend prestement et m'ouvre la portière arrière. De l'intérieur, le vieux magot à barbiche m'adresse un jeu de dominos qu'il croit être un sourire.

— Montez, mon cher, me fait le singe d'ivoire avec urbanité.

En guise de réponse, je porte quelque chose à ma bouche. Il se tait. Sans doute serait-il bien séant de lui adresser quelques mots pour prendre congé, mais j'ai beau me creuser la cervelle, je ne trouve rien à lui dire. Alors, afin de ne pas bloquer davantage la circulation, je serre les mâchoires.

— Monte, toi ! enjoins-je à son âme damnée dont l'avaleur n'atteint pas le nombril des âniers.

Le Jaune rougit, à savoir qu'il devient vert.

— Vite !

Ça klaxonne derrière nous. Il grimpe auprès de son vieux bonze qui s'offre une ultime tremblote sur le cuir cousu main de sa Mobylette.

— Tu diras aux gens du *tong* que Li Pût les emmerde et qu'elle veut qu'on lui foute la paix désormais ; elle a changé son fume-cigarette d'épaule !

Je claque la portière et la Rolls s'élance dans la ville.

Ensuite je vais prendre place auprès de Marie-Marie. Mes trois gaillards sont tellement morts d'angoisse qu'ils n'arrivent pas à en casser une broque.

— Chauffeur, à l'aéroport ! lancé-je. On va prendre le premier zinc en partance, qu'il aille à Honolulu ou à Bécon-les-Bruyères.

Marie-Marie pilote avec application, cherchant à se repérer dans l'immense métropole.

Je sais bien qu'une question la taraude.

— Dis, Antoine ?

— Oui ?

— Et elle ?

— Je crois bien qu'elle a été condamnée à mort, soupiré-je.

— Par qui ?

— Par moi. Je viens, par une phrase, de lui inoculer le choléra, mais comme elle est pleine de ressources, elle s'en tirera peut-être...

— Et le Président ? s'informe Béru.

— Un roc ! Gibraltar ressemble à un caramel mou comparé à lui. C'est le miracle de la cybernétique, quoi !

SA NOSTALGIE

M'man me monte le petit déje au lit.

Le grand, de gala ; avec chocolat, croissants, brioches. Plus le courrier sur le bord du plateau.

— Le facteur passe plus tôt que d'ordinaire, depuis quelques jours, me dit Félicie après la bisouille matinale.

Je bâille en opérant un premier tri : les journaux, les factures, les lettres. Une enveloppe en papier de riz surchargée de timbres exotiques que ça représente des poissons, ou bien des lampions, faut voir de plus près...

Je décachette d'un trait d'ongle.

A l'intérieur, il y a une photo. Elle me représente, avec Li Pût dans le jardin de sa propriété malaise. Ç'a été pris la fois où elle m'a fait le coup du hamac, tu te souviens ? Au téléobjectif. Je te jure qu'à un concours, elle décrocherait la timbale pour son originalité. Tu nous verrais, moi à travers les mailles, elle avec sa bouche d'accueil.

A l'endroit où il reste de la place, elle a écrit, avec son rouge à lèvres : *Love*.

Juste ça. Mais c'est plus éloquent que les lettres de la mère Drouet à son Totor, accompagné d'un tel cliché.

Tu ne trouves pas ?

FIN

Achevé d'imprimer le 20 février 1985
sur les presses de l'Imprimerie Bussière
à Saint-Amand (Cher)

— N° d'impression : 3088. —
Dépôt légal : avril 1985

Imprimé en France

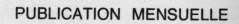